富岡市大塩湖畔・いしぶみの丘に建つ父・高橋辰二の詩碑「谷川」の前で
（昭和 62 年建立）＝平成 26 年 9 月

平成 23 年 4 月 29 日　旭日中綬章　受章

富岡製糸場世界遺産登録時の喜び
＝平成 26 年 6 月 21 日、富岡小学校体育館

事務所内にて三兄弟（右・勉弁護士、左・勝男弁護士）
＝平成 26 年 10 月

直営店（絹ごよみ）で富岡製糸場を愛する会の皆さんと語り合う筆者
＝平成27年4月

映画「紅い襷」出演者・スタッフらと記念撮影
＝平成 28 年

平成 29 年 1 月 27 日　上毛倶楽部理事長に就任

第５回工女まつり　平成 30 年 11 月

欅の如く

弁護士　高橋伸二痛快伝

上毛新聞社

題字　山内清香

はじめに

私には一つの座右の詩があります。

それは、少年の頃の思い出に基づいています。

山深い生家の大雪の夜、雪の重みに耐えかねて、裏山の竹がビシッ！と大きな音を立てて折れてゆきます。

翌朝はたくさんの折れた竹が見られましたが、欅《けやき》の大木の周りに生える竹は折れずに立っていました。

欅の大枝が竹を守っているかのように見えました。

私の父高橋辰二は、農民運動家、農協長、県会議員を務めた人でしたが、何より本物の農民詩人でした。

その父は、大雪の朝の欅と竹の情景を詩として著しました。

欅

聖なるかな、竹籔の中に立てる
一本の欅よ
彼は大勢の長い弱々しい竹を数本も
身体にささえて雪の降る
宵は戸外に燈火のもれない淋しい
裏山で夜明けを待つ

雪がとけると又欅から
竹は離れてのびて行く
もう折れる心配はないと彼等は
愉快に歌い出す

この詩の心象風景より、厳しい自然の中で、か弱い竹たちを守る大きな欅の姿が心に強く残り、自分もあの欅のような大きく強い人間になりたいと考えるようになりました。弁護士になってからは、社会の風雪に晒《さら》されて助けが必要な人々の人権を、あの欅のように守ろうと心に決めて、今日まで仕事をしてきました。

私の生い立ちから今日に至るまでの自伝を書くことで、自身がどんな人間であり、何を考えて生きてきたかを、自ら振り返り、さらにこれからの指針を探ってゆきたいと考えています。

高橋　伸二　謹書

目次

第1章

山深いふる里

生家は最も奥の「上の家」

最初に私の生まれ育ったふる里の話をしたいと思います。群馬県富岡市、富岡の街を東西に流れる鏑川は群馬県と長野県の県境の山中に源を発し、やがて高崎市で烏川と合流、その先で利根川になります。その鏑川に面した崖の上に建っている富岡製糸場は、平成二十六年六月二十一日に世界遺産に登録され、その後、国宝にも指定されました。

鏑川に並行して、通称姫街道と呼ばれる国道二五四号線が通っています。この道は、かつては大名が利用した中山道の脇道で、武州本庄宿で中山道と分かれ、信州に向かう一般庶民や女性の旅人の多くが利用していました。

富岡の中心地にある富岡製糸場から、この姫街道を西に一キロほど進み桐渕橋を渡ると、そこは山と呼ぶにはやや低く丘と呼ぶにはやや小高い、峰々の連なる風景が眼の前に開けてきます。

さらに二キロほど南西に進み、旧高瀬村から旧額部村の南後箇集落をへて、さらに登って行くと、私の生まれ故郷、富岡市岩染の集落に至るのです。岩染は、左右から山が迫り、その間を岩染川が流れ、先に進むと林道が藤田峠に通じ、その先は甘楽町の秋畑に至ります。終戦当時の住所地は「群馬県北甘楽郡額部村大字岩染字上岩染」といい、わずか十九戸の上岩染の集落です。私の生まれた高橋の家は、上岩染でも「上の家」と呼ばれ、集落の家々の中では最も奥まった所にありました。

私は、この地で昭和十六年二月二十五日に、父高橋辰二、母栄子の次男として生まれました。

父はこのとき三十八歳、母は三十三歳で、家には五歳上の長兄憲一と二歳上の姉妙子、それに祖母かつがいました。

祖父の伊蔵は大正二年に四十歳で亡くなりましたから、祖母かつが高橋家の一切を切り盛りしていました。

岩染の高橋家は大地主の素封家で、父たち兄弟は岩染から額部村内の小学校に通う間、他人の土地を通らなかったというほどでした。それゆえ、父の兄弟三人はみな東京美術学校（現

岩染の高橋家に残る長屋門

東京芸術大学）を出て、画家になりました。

私が〃おかつばあさん〃と呼んでいた祖母は、甘楽郡で発生した農民と自由党急進派による反政府運動、いわゆる群馬事件の主役を務めた当時の帝国議会議員・清水永三郎の娘で、大変威厳のある女性でした。大正から昭和にかけては、気丈なおかつばあさんの下、作番頭といわれる村人を何人も使って農業を営み、養蚕も手掛けていました。

終戦後は農地解放や人手不足から養蚕はやめ、大麦や小麦、イモ、野菜などを作っていました。

父は次男でしたが祖母のかつから家の跡継ぎに指名され、高等小学校を卒業して岩染に残り農業をしていました。しかし十七歳の時、狭い田舎を嫌って家出したのです。外国航路の船員となり、二年ほど世界各地を巡る間に詩作に目覚め、船員を辞めてから詩集を出し、『文芸戦線』の同志として、東京で反戦平和を志向する文学活動に身を投じました。

ところが、昭和十年という時代は今と違って反政府的活動をする者には容赦なく、父は官憲の厳しい目を逃れて、結婚したばかりの妻の栄子を連れて岩染に戻りました。自分の理想を追うために家族を危険な目に遭わせることはできず、一人の農民として畑を耕しながら詩人として生きていく決意をしたのでした。

岩染に戻ってからは農業に従事しつつ、持ち前のリーダーシップを発揮して、村の農事組合長を務めながら、近隣小作農家へ農地解放を指導しました。その一方で盛んに詩作を行い、地元の詩人たちと交遊し、日本詩壇にも投稿を怠りませんでした。

戦後、民主主義者を自負する父は、農業協同組合長や県会議員を務めますが、一貫して農民の生活と立場を守ることを指針とし、農村農民運動に生涯を捧げた清貧の人生を貫きました。

母の栄子は旧姓を阪本といい、長崎で生まれ、朝鮮で医院を開業していた父母の下で育ちました。両親と死別した母は、父と知り合った昭和初年頃には上京してタイピストをしていました。

母も東京に出て左翼文化活動に関心を持っていました。父と結婚してしばらくの間、定職のなかった父の文学活動を経済面で助けていましたが、生涯を通じて献身的に父を支え、父亡き後は長生きして八十八歳の長寿を全うしました。「三兄弟弁護士を育てたお母さん」と言われて、ほほ笑んでいた母の姿が懐かしく思い出されます。

私の下には、三人の弟が生まれました。昭和十九年に三男の勝男、昭和二十一年に四男の豊、そして昭和二十三年に五男勉が生まれ、一家は、父母と五男一女に祖母の九人家族となりました。戦後は農地解放などにより家の耕作農地はわずか七反歩余り、それも西谷津、東谷津など山奥の傾斜地に散在したため手間のかかる小規模農業でした。

家族9人で清貧の暮らし

山あいの農村で暮らす一家の生活がどんなものであったか――。母屋は農家独特の大きな二階建てで、一階には土間とかまど、農機具置き場がありました。土間に面して板張りの囲炉裏部屋、その奥北に台所、その東に十畳間が三つ並び、その脇に和室が二つ、一番奥の部屋には奥裡《おくり》と呼ばれた床の間の部屋があり父母はそこに寝ていました。

食卓や座卓、食器、茶器などの調度品のほとんどは何代も前から伝わった古いものでした。今のように次々と新しい家財・食器に買い替えるということは全くありません。

わが家の便所は家の中と外、両方にあり、風呂は庭先の別棟にありました。風呂の水は家の前を流れる岩染川から桶やバケツで汲み上げ、天秤棒で前後二つの桶を担いで風呂に流し込みました。この作業はとても力のいる仕事でした。風呂は山で集めたボヤと呼ばれる燃料用の枯れ木、枯れ枝、薪を燃やして湧かしていました。今思うと、九人の家族が一つの風呂に入るのですから、最後になればお湯も汚れていたと思われますが、裸電球一つの薄暗がりの中、誰も気にもせず入浴していたことを思い出します。

昭和二十年代は風呂や炊事、囲炉裏やこたつの暖房には、全て冬に備蓄しておいた薪、ボヤ、炭を熱源としていましたから、薪集めは一家の重要な仕事でした。これを私たち兄弟が小中学校時代から力を合わせてやってきたのです。

電気は、家の照明に使った裸電球と、刈り取った大麦、小麦の脱穀機の動力に使う程度でした。洗濯機、冷蔵庫、テレビなどの、いわゆる三種の神器などまだ出回る以前のことですから、洗濯は寒い冬でも川や井戸の水を使い、洗濯板に石鹸をゴシゴシこすって行っていました。わが家にやっと電気洗濯機や白黒テレビが入ったのは昭和三十年代後半のことでした。

二階の天井の高い板張りの部屋は戦前まで蚕室、物置として使っていましたが、三十年代からはコンニャクの種イモの貯蔵場所に変わりました。

食事は今から思えば大変粗食でした。記憶に残る子供の頃の食事は必ず麦飯、その後米と麦の混合となり、自家製の味噌や醤油を使った味噌汁は、ジャガイモや大根、タマネギ、ホウレンソウ、ナスなど畑で取れた野菜を具にし、おかずはナス、キュウリ、大根などの漬物にタクアン、キンピラゴボウなどの自家製の食べ物でした。たまに卵焼き、肉や魚が食卓に上がることは滅多にありませんでした。

昭和二十年代、子供の頃の衣類はといえば、冬なら貧しい家の子供たちは、目の粗いガサガサした荷袋と同じような布地の服や、チャンチャンコを着ていました。サージのズボンに綿の股引、それに足袋を履いて、げたか草履で歩いていました。どの衣類にも継ぎの当たっていないものはあまりありませんでした。

そんな貧しい農村の生活の中で、父と母は何を思い、何を考えていたのでしょうか。

昭和八年三十歳の時に岩染に帰農した父が、以来書き続けていた日記から父の心が推し量れます。

例えば帰農して四年目、長男が生まれた頃の昭和十二年二月二十二日の日記。

「文学のために私は苦悩するが、文学から生活の安易を得ようとは思わない。ただ、周囲の情勢を達観し、かつ世界の平和を望んでいるのだ。水のように澄み渡った心がほしい。海のような雄大な心がほしい。子供の誕生祝いをしなければならない。私の子供が生まれたのは、雪の降る日だった。私は山で薪作りをしていたが、間もなく赤ん坊が生まれるのだ。子供が生まれれば父になれる。その平凡な言葉が私の全身にしみた。私は泣いたり笑ったり怒ったりしたが、父になれば忍耐しようと心掛ける。何故なら、我が子は円満なる父を重んずるものであり、平和な人だと思っているからだ。私の父もそうであった」

農民として生きる覚悟と文学への情熱、平和を願う心、そして親としての心掛けが読み取れますが、生活そのものはやはり貧しいものでした。

昭和十五年九月二十六日の日記には、こんなことが書かれています。この頃には私の姉妙子が生まれています。

「富岡の一郎君に二百円借りた。私より十五も若い織物工場に勤める男が財産のある私たち一家を助けてくれる。私は、今闇を通っている。汽車を降りてトボトボ歩いている。よそ見をしたり、疲労したまま眼をつぶって休むこともある」

家族を養うためだったのでしょう、人からお金を借りた後の寂寞とした心情が読み取れます。

私が生まれた昭和十六年は、太平洋戦争が勃発した年でした。父は過去に一度陸軍に招集され、朝鮮の機関銃隊に入営しました。満期除隊となっていましたが、再招集をいつも危惧していたようです。

昭和十六年七月三十一日の日記では、

「毎日、よく降る雨である。雨の中で百姓は桑を摘む、或は小豆をまいたり、芋畑に入って除草をしている。

畑の隅の石に腰をかけて、今日、出征した若者の妻が泣き出しそうな顔で何かを考えている。『無理しねえでやりなよ』とその身重の妻を私は慰める。あまり口数をきくのも気の毒である」

とあり、山あいの村からも出征する若者がいて、時代の波にいや応なく巻き込まれる農民に、同情を禁じ得ない父の心情が分かります。

昭和二十年八月十五日、終戦の日、私はまだ五歳にならない子供でした。しかし、山あいの岩染の村には、米軍の飛行機の影もなく、空襲警報のサイレンの音も届かず、山奥に住んでいた私たちは穏やかに戦時中を過ごすことができました。

二宮金次郎と呼ばれた小学生時代

翌昭和二十一年四月、私は父も通った額部村立額部小学校に入学しました。人口二千五百人余りの村の一年生は百三十五人、全学年で八百人ほどの小学校でした。当時は木造の校舎で、岩染から山道を下り切って下仁田・小幡街道に出るとすぐ目の前が額部中学校で、その先五百メートルほどに小学校がありました。

私は、毎日長兄の憲一と姉妙子の後について、二キロほど岩染川沿いの山道を歩いて通いました。

行きは下り坂ですから、履いている下駄の音も軽々と、肩から提げた布バッグを跳ね上げながら歩いて行けます。けれども帰り道はだらだらとした上りが続きます。一年生の私は、しばしば歩くのに飽き、道の脇の岩染川で、カジカやザリガニを獲ったり、道端の野イチゴやスカンポを食べたり、初秋には、同級生の子供たちとドドメと呼ばれるクワの実を、口の回りが赤黒くなるまで腹いっぱい食べたり、柿や栗、時には道端の果物を失敬して、文字通り道草を食べて空腹を満たしていたのでした。

小学二年生になった六月のこと、私は突然原因不明の高熱を発し、ほとんど意識もうろうとした状態に陥りました。父がようやく探した医師に往診してもらったところ、肺炎と診断されました。当時はペニシリンなどの抗生物質はまだ十分に世の中に行き渡らず、子供の肺炎は命に関わる極めて危険な病気でした。


その時の様子を父は昭和二十二年六月九日の日記で、

「伸二の病気は肺炎だったのだ。足が熱い。身体全体が火のように燃えている。医者にすがって肺炎という病名を得た。頭を水で冷やし、身体を湿布で温めなければならない。病気の子供に付き添い夜を明かした疲労で肩が痛い。毎日降り続く雨の中を家にこもり、一日中不安に子供を見守っている」

と記しています。

今、これを読むと親というものはなんとありがたいものかと、胸が詰まる思いがしてきます。医薬品が乏しかった時代に肺炎を発症した私を、何日もほとんど眠らずに看病していてくれたのです。この父のおかげで、私の命は今につながっているのです。

学年が進み、四年生の頃になると、私は『ロビンソン・クルーソー』『宝島』といった冒険小説を読むようになり、小学校の図書館にあるその種の本を次々に借り出しては、夢見心地で読むようになりました。

本が面白くなると、時間がもったいないことと、早く先を知りたい気持ちから、登下校の時でも歩きながら読んでいました。帰りの上り坂も苦にならないほどでしたが、行き交う村の人々が私の姿を見て「あれぇ、高橋の伸ちゃん、二宮金次郎みてぇだいな」と私の読書家ぶりを笑いながらうわさしていました。

そんな二宮金次郎、本を読みながらその場面を空想し、あっと気付いた時には、けつまずいて転んでしまい、何度もすり傷をつくったこともありました。

畑作業の少ない冬や春先には、弟や村の子供たちともよく遊びました。遊び場は近くの里山か田んぼです。チャンバラごっこ、戦争ごっこ、メンコにこま回し、たこ揚げなど。継ぎ当てだらけの衣服にわら草履やげたをつっかけて、学校から帰ってから日が暮れるまで、皆で駆け回っていたものです。

春と秋には上岩染の小中学生の男女だけで集落の公会堂に寝泊まりし、先輩のちょっとした自慢話などを聞きながら、各自が家から持ち込んだおこわ、餅、煮物などを皆で食べるのも楽しみのひとつでした。

おとなしかった伸二さん

高田　榮さん、一子さんご夫妻（額部小・中学校時代の同級生）

私は旧姓を飯塚と言い、額部村の野上に実家がありました。野上というのは額部小学校からずっと西の方にあり、途中を左に上って行くと高橋伸二さんが住んでいた岩染に至ります。

夫の榮も同級生ですから、伸二さんとも同級生です。私たちは同級生同士で結婚したのです。

小学校・中学校時代の伸二さんの思い出は、とにかくおとなしい目立たない子だったということです。でも、頭はとても良かった。成績は良い方だったと思います。

当時の小学校では、冬の暖房といってもストーブではなく、大きな火鉢が教室に置いてあり、〝小使いさん〟が時々炭を足しに来るんです。

お昼になると、火鉢の上に網のようなものが置かれて、その上に各自のアルマイトの弁当箱を置いて温めて食べるんです。

麦飯ばかりで、おかずも大したものはありませんでしたが、ほの温かいお弁当を食べるのはとても楽しみで、皆でおしゃべりしながら食べたものです。

そんな時ひょうきんなことを言って皆を笑わせる男の子もいましたが、伸二さんはおとなしく、礼儀正しくお昼を食べていましたね。

もう一つ伸二さんのことで記憶に残っているのは、中学を卒業して、伸二さんが甘楽農業高校の夜間部に通っていた時のことです。

私は富岡市内の洋裁学校に通っていて夕方、同じ洋裁学校に通う友達と富岡から額部村に向かって歩いて帰るのですが、岩染の方から自転車に乗って夜間高校に向かう伸二さんと時々すれ違いました。

「あっ伸二さんだ」と私たちは気が付くのですが、伸二さんは私たちの方を見ることなく、すーっと行ってしまうんです。

友達は「何よ、伸二さん、無視してる。恥ずかしがり屋なんだね」なんて言うのですが、私は、伸二さんは私たちのことを覚えていないんだろうとずっと思っていました。

だから、伸二さんが弁護士になって、ふる里に戻って来たと聞いた時は、あの、おとなしく目立たない伸二さんが弁護士にと、本当に驚きました。

でも、今考えてみると、洋裁学校に通っている私たちとすれ違っても、目も合わせなかったのは、伸二さんが私たちを覚えていなかったわけではなかったと思います。伸二さんは私たちのことを忘れたりはしなかったはずです。

だって、大変難しい司法試験に一度で合格するほど頭脳明晰《めいせき》なんですから。

後で聞けば、伸二さんは小学生の頃から、一家の働き手として百姓仕事をし、高校生になった頃は、農業に専従して一家の家計を支えながら勉強していたんです。

それに、自分の将来のこと、兄弟たちのこと、村でも有名な高橋家のさまざまなことに思い悩んでいたに違いないと思います。

真面目な人ですから、さまざまなことを真剣に考えていたんではないでしょうか。だとしたら、あのとき私たちに気が付かなくても当然です。

たとえ、気付いたとしても、自転車を止めて女の子とおしゃべりするような気持ちにはなれないほど、緊張した日常を送っていたのではないだろうかと思います。

山の生活で磨かれた感性

さて、高橋家の家計の担い手である父辰二の生活は、終戦後大きく変化しました。

昭和二十一年、父は発足したての富岡甘楽農民組合連合会の農地委員となり、農地解放に奔走する一方、西毛地域に生まれた同人誌『近代詩人』や『西毛文学』に参加します。

昭和二十二年には額部村村会議員に立候補して当選。翌二十三年には額部村自作農創設組合長となり、悪税反対、米麦供出過剰割当反対運動を労働組合、農民組合と合同で強力に展開しました。

さらに二十四年の国会総選挙には群馬三区から、労農党で立候補しますが、惜敗。この時のラジオ放送演説で「農民がせめて週一回サンマの食える政治を」と訴え、全国の農民から共感が寄せられたと聞いています。

二十五年、父は額部村農業協同組合の組合長に就任、破産状態にあった農協を献身的な努力で再建させました。そして、二十六年には、群馬県議会に農民代表として立候補、当選します。同時に、蚕糸業地帯の農協の組合長として、繭取引の改善に着手します。私が二宮金次郎と呼ばれた頃のわが家は、父の農協の給料と県会議員の報酬が主な収入でしたが、わが家はいつも貧しかったと思います。

昭和二十五年三月九日の父の日記。

「私には負債が四万円ある。一年間月給を消費しないで埋めない限りこれは返済できない。大変なことだ。又政党へ加わったり、種々の運動費が大きな負担になる。ああ、四万円で泣きもするし、頭も暗くなる」

このような内実ですから、父はほとんど毎月給料を前借りして家族の衣食を賄っていましたが、さらに畑で作物を作り自給自足する必要があったのです。そのために、外で働く父を見かねて、私は小学校登校前の早朝や下校後、そして休日は一日中農作業に没頭しました。畑は、家の前の道を東の山に向かって、右に登れば西谷津、左に登れば東谷津、両方の谷津を登った山の傾斜地に畑があり、さらに登ると名峰稲含山に連なります。岩染の集落には水田はなく、全て谷あいの砂地や山の中腹を開墾した畑でした。山麓の東西に畑が点在していました。

私は、父に教わって山の畑を開墾しました。弟たちを引き連れ、春には畑を耕してナス、キュウリ、タマネギ、ジャガイモ、サツマイモ、ネギ、大根、ニンジンの種や苗を植え付けて手入れをしました。夏は炎天下で一日中、手作業で畑の草むしり。夏と秋には、大麦、小麦、コンニャク、豆、イモ類の刈り取りと掘り取りです。

私は、小学校の行き帰り、遊びに興じる仲間たちを横目に、春から秋には弟たちを連れて毎日畑に出て土を耕すようになりました。子供といえども農家にとっては貴重な労働力です。それに、農作業を手伝えば、父はニコニコとうれしそうに褒めてくれました。子供心に、褒められればうれしいし、家の役に立っているという思いも湧いてきます。だから、私はいつも率先して兄弟たちの先頭に立って畑に出たものです。

ただ、つらかったのは冬のボヤ集めと麦踏みでした。ボヤとは枯れた木の枝のことで、山でこれを集めて荒縄で縛って束にし、背負って山を下り、荷車に積んで家の木小屋に運び込み、一家の燃料にするのです。雪がちらつく冬の山で弟三人を連れて、凍えながら黙々とボヤを集めます。鼻水をすすりながら、作ったボヤの束を背負って山を下り、また登ってはボヤを集める作業を繰り返しました。ボヤは一家の大切なエネルギー源でしたので、ボヤで木小屋がいっぱいになると一安心できました。

冬の麦踏みは、霜で浮き上がった大麦小麦畑の、土の下から芽を出したばかりの若葉を、しっかりと根を張らせるために踏みつけて、丈夫な茎を育て、良い実を実らせます。

厳冬の山の畑で麦の若葉を踏みつけていると、葉茎を傷めるのではないかと心配になります。足の裏で若葉を感じるつもりで優しく気を使い、麦を傷めないように踏んでいると、麦だけではなく、人に接するときの感性までも磨かれるような感じがしました。

兄弟で並んで麦踏みをしていても、麦や土壌に対する思いの深さで、感じるものが人によって異なるということもこの時に知りました。

土を耕し、作物を育て、家畜を飼うことを通じて、四季を体で感じ、人の感性は自ずと磨かれるものです。

私が高校を十九で卒業して上京するまで弟たちは皆、不平も言わず、だまって一緒に山仕事や畑作業を手伝ってくれました。父母のため、家のためになろうと私と同じ気持ちで付いてきてくれると思って、弟たちにお礼や感謝を口にしたことはありませんでした。今思うと、よく付いてきてくれたと胸が痛みます。

昭和四十四年、私が弁護士を開業した時から事務長として定年まで勤めた四弟豊、昭和五十三年登録の五弟勉弁護士、昭和五十六年登録の三弟勝男弁護士たち兄弟は、これまで一つ事務所の中で長い間けんかもせず、元気に好きなゴルフを共にして今日を迎えられていることは、実にありがたいことと思っています。

父母を尊敬し慎ましく暮らす

そんな厳しい生活を送りながら、わが家では父に恨み言や不平を言ったりする者はいませんでした。私たちの目に映る父は、農作業に取り組む一方で農協の組合長、農民代表の県議として、常に農民の立場に立って行動する高潔な人格を持った人でした。私たちは、父の生き方を誇りに思い、父のためなら少しくらいつらくとも辛抱しようと考えていたのです。

夜、父は裸電球の下で座卓に座り、ペンを走らせて遅くまで詩作に取り組んでいました。時として新たに書いた詩を、夕食後こたつにあたりながら、妻と子供たちに読んで聞かせてくれました。

父は「この詩はいつかきっと売れて金になる。暮らしも楽になるぞ」などと笑顔で言っていましたが、子供たちはいつも「またそんな夢みたいなこと言ってる」と、笑っていました。そんな父を母はほほ笑ましく見守り、常に父を立てて従っていました。母は父の清廉な人柄を心から尊敬していましたし、私たちも、そのことをよく理解していました。

母はこんな父を黙って支えました。六人の子を産み育て、貧乏暮らしにいつもにこにこと耐え、不平も言わず家をまとめてくれました。

そういえば、家の囲炉裏端には、いつも村の若者や農民が集まっていました。父は酒を振る舞いながら、自分の外国見聞録や農村復興の話を熱心にしていました。子供の私も脇に座って、父を誇らしく思いながら聞いていたものです。

父の人柄を示すこんな文章が日記に見いだせます。

昭和二十四年十月二十六日。

「私は有名になりたがらない、金銭に脅かされない。人種差別をしない。私の念願する道はただ一つ。一人の農夫を前においても、又百万の大衆に向かっても同じ心で彼らに真実を伝える」

昭和二十九年一月二十六日。

「ボロの着物で、破れた股引をはいた男が、貯金係のところで、十万円定期に積むと言っている。私は、この平凡な百姓に感謝して、事務室のストーブのところへ上がってもらいお茶を出した。土と同じ心、高ぶらず、地味に根強く生きている地方人のことは、私の胸中から離れぬ」

こうした父の生きざまは、農協の組合長として仕事をする中で、一層確固たるものになっていきます。

父は、農家が作る繭が仲買人や製紙会社に安く買いたたかれぬよう、農協が農家に仮渡金を払って買い受け、これを乾繭処理して保管し、繭の価格が上がるのを見極めて売り、農家に利益を配分するという額部乾繭処理方式を確立しました。

農協の組合長である父には、いくつかの製糸会社や買い取り業者からあいさつがあり、日本酒や菓子などいろいろな付け届けがありました。

父は、それがどんな物であっても「これは受け取るわけにはいかない」と、必ず送り返していました。

そんな父を私は潔い人だと思い、本当に村人のために尽くしているのだ、と自慢に思っていました。ですから、父の役に立つならと、私は毎日弟三人の連隊を引き連れるような気分で畑に出て行きました。

冬は足の先の感覚がなくなるまで麦踏み、夏の盛りには太陽に焼かれながら、全身汗を流して畑の草むしり。

夏はジャガイモの掘り取り、秋はサツマイモや麦の収穫をします。スキで畑の土を掘り起こすと、新鮮な土の匂いとともに、大粒のジャガイモ・サツマイモがゴロゴロと現れました。

「ああ、あの夏の暑い日に草むしりをし、世話をした苗の下に、こんなに見事な作物が育っていたのだ」

私は、思わず感動の声を上げました。

作物は手を掛ければ掛けただけ応えてくれる。誠心誠意働き掛ければ、必ず良い結果が生まれる。その時、私はそう確信しました。

この時の土とジャガイモやサツマイモの記憶は、高校生時代に取り組んだ畑の土壌改良とコンニャクの大量栽培とともに、その後の私の生き方や人や社会との接し方に大きな影響を与えていると思います。

しかし、この頃はまだまだ子供でした。いくら炎天下の草むしりが大変といっても、一段落すれば、弟や近くの友達と連れ立って一之宮近くの和合橋下に走り、鏑川で川遊びに興じ、帰りがけにアイスキャンディーを買って食べたり、友達の家に寄って井戸の中につるして冷やしたスイカをごちそうになるのが、何よりの楽しみでした。

また、岩染の集落では、十五夜の団子のお供えは、子供に限って、他人の家から失敬して食べても良いとされていました。

十五夜の夜になると、二メートルほどの篠竹の先に釘を結び付け、何人かの悪童仲間と農家の庭先に忍びこみ、三宝の上の団子を、そおっと釘で刺し、うまく刺せた時には侍大将の首をとったように大喜びしたものです。

家では家畜も飼いました。私が小学校を卒業する頃には、ウサギ、ニワトリ、ヤギなどを飼っていました。ヤギの乳を搾って栄養源にしたのです。食べ物の乏しかった時代の貴重なタンパク源でした。ヤギの餌を集めるのは、もちろん子供たちの仕事です。私と弟は登校前、背中に竹籠を背負い、鎌を持って近くの山に入り、青草を刈り取りました。

「この草を食わせれば、明日も乳を出してくれる、俺たちを元気にしてくれるんだ」

私は弟たちに声を掛けながら、籠いっぱい青草を刈ったものです。

刈り取った草を食わせながら乳を搾るのは、母か私の仕事でした。搾ったばかりの新鮮な乳をコップに一杯ずつ一家で飲んだものです。今でも私はチーズを食べる度に、子供の頃飲んだ、濃厚でちょっと青臭かったヤギの乳の味を思い出します。

その後、中学生時代には豚も飼育しました。餌は農協から購入した配合飼料や畑で取れた芋麦などです。数頭の豚に飼料を与え、丸々と肥育してから家畜商に販売しました。

家の収入源とは分かっていても、手塩に掛けて育てた豚が家畜商に買い取られていくのを見ると、やはり心はしんみりとしました。

土を耕し作物を育て家畜を飼うことで人の感性は自然に磨かれます。作物をまちの市場などに売りに出掛けて、人や社会と関係をもつことも人生勉強になります。義務教育や高校で全ての子供たちにこうした体験をさせてあげたらと思って、二十年余り前から母校の高校同窓会長を続けています。

強い男夢見た高校生時代

昭和二十七年四月、私は合併して富岡市となった市立額部中学校に入学しました。兄のお下がりの学生服を着て、白いズック靴を履き、肩から提げる布製のバッグに教科書と麦飯弁当を入れ、相変わらず二宮金次郎スタイルで本を読みながら、岩染と学校のある南後箇の間を通学していました。

しかし、読んでいる本は少年向けの冒険小説ではなく、図書館から借り出した空手の自習書に変わっていました。中学に入学した頃から、私は強い男になることを夢見るようになったのです。なぜかといえば、高橋の家を支えられる一番しっかりした強い立派な男になろうと思ったからです。スーパーマンへの憧れというか、弱きを助け強きをくじく、人々から頼りにされる強い男になりたいと真面目に思っていました。

長兄の憲一は体が弱く、私たちと一緒に畑に出て働くことがあまりできませんでした。長兄は高校を卒業すると、採卵と肥育用のブロイラーを三千羽ほど飼育する養鶏を始めました。農協を通じて、県や国の農協団体からヒナと大量の人工飼料を仕入れ、共同出荷販売するのですが、飼料代などを差し引くと、手元にはほとんどお金が残りません。

手のひらに隠れるような小さな生まれたてのヒナを仕入れ人工飼料を与えて初めは保温飼育し、育つとバタリー飼育棚に入れて三カ月ほど大きく太らせて出荷する過程は、まさにオートメーション工場です。機械的、人工的に鶏肉の塊を製造しているように思えて、自分では食べる気になれませんでした。

当時卵は一個十円で売れましたが、その値段が六十年後の今でもあまり変わっていないのはなぜなのでしょう。

それはともかく、養鶏で高橋家の経済が安定したかといえば決してそうではなく、兄の養鶏業も飼料代がかさみ、自転車操業の状態だったのです。

だから私は、余計に自分がしっかりしなければならない、家のために働かなければならない、そのためには強い男にならなければ、と思ったわけです。

暇を見つけては、空手の教本を頼りに家の庭や畑で、まず突きと蹴りを繰り返し練習し、板に藁を巻き付けて地面に立て、拳を鍛えました。

さらに、古瓦を何枚も拳で割ってみたりしました。一枚だけなら軽々と割ることができました。二枚重ねても割れました。

「よし、四枚重ねて割ってやろう。皆に自慢できる」

四枚割に挑戦しました。

「一、二、三！」

拳を付き下ろしました。ジーンとした痛みが拳から二の腕に伝わっただけで、瓦は割れていません。

「まだ、修行が足らない」

この時はさすがに自信を失いかけました。しかし、中学の同級生が、「伸ちゃん、板割って見せてくれ」などと言おうものなら、「よーし！」とばかりに、友人に板の両端を持たせ、「一、二、三！」と拳をたたき付けました。

この時、板は割れたのですが、やはり拳と二の腕には激しい痛みが残り、それを友人たちに気付かれないよう、やせ我慢しながら、「どんなもんだ！」という顔をしていました。

それでも内心では「もっともっと練習しなければ、本当の強い男にはなれない」と、決して懲りることはありませんでした。

父は、祖先や家を大事に考えて、いつも私たちに祖母や祖先はこうであったと話してくれました。父は、純粋に農村農民のためを考えていちずに農民運動をしていたものの、経済力に乏しく農協や県議会から給料の前借りをしては、母と家計のやりくりを相談していました。

それでも、父はいつも明るく振る舞い「今にこの詩が売れて大金が入る。家族は楽ができるぞ」と言って子供を笑わせている楽天家でもありました。私は自分が力をつけて一層この父を守らなければと思うようになっていました。

中学生になった頃、同級生の男の子にいきなり「金蹴り」されて、すぐ反応できなかった悔しさや、その頃に弟たちが必死に農作業しているのに、病気とはいえ長兄が仕事もせず夜遊びに出かけて母が悲しんでいるのを見かねて私が文句を言ったとき、いきなり「生意気言うな」と頭を殴られたときに反撃したことがありました。以来、兄は私に文句や手出しはしなくなり、私は、自分が誰も文句をつけられないくらい強い男になって家の柱にならなければ、という気持ちがさらに強くなりました。

農民運動家で詩人の父辰二

私が中学校に入学した頃から三年間ほどは、父は農協の仕事と県会議員の仕事に追われ、ほとんど自分では畑に出られない状態が続いていました。

この頃の父の忙しさは、日記からよく分かります。

昭和二十七年から二十九年の日記。

「県議会がすんで、私は四日ぶりに村へ帰った。県議会へ出ていると、色々心も疲れるし、無駄遣いもする」

「県養蚕連事務所にて、春繭内渡金について協議し、一貫目につき千二百円に決まる。村では桑不足で大騒ぎ、一駄千五百円もするが、農協で斡旋してやるので、農民も大分助かる」

「毎日毎日が交際で、目の廻るような忙しさだ。年始回りもまだ幾らも進まず、交際は実に重荷である」

「肥料公団甘楽支所の清算承認の件で役員会があった。畑では子供たち全員が出て働いている。子供はよく仕事をするが、親父は中々進歩しない」

このように、高橋家の農作業は子供たちが行わねばならない状態でした。しかし、私は少しもつらいとは思いませんでした。作物を育てれば、やがて収穫の喜びが待っています。私の心の中にも、土に生きる幸福感が芽生えていたのかもしれません。それに、尊敬する父を助けたい、父には農民を支える仕事を頑張ってもらいたい、家のことは心配するな、というような気持ちも強くありました。

父は、私たちと一緒に畑に出られなくなっても、悪びれる様子もなく泰然としていました。父は、どんな思いで子供たちを見ていたのか。それも、その頃の日記から見いだせます。


「村に帰って、子供も成長してすでに労働するようになった。嫁にくれる娘、嫁をもらってやらなければならない息子。自分は親兄弟の誰にも相談せず、教育も結婚も自分の道を選んだ。自分の子供も、その職業や結婚についても独自の道を切り開くだろうか？」


父は、自分がそうであったように、私たちきょうだいにも自分自身の力で自分自身の道を切り開いていくことを望んでいたのです。

けれども親としての父にしてみれば、忸怩《じくじ》たる思いがあったに違いありません。

なぜなら、自分は農民運動家として、農協組合長として、県会議員として、身を粉にして人々のために尽くさねばなりません。そのために、家族を犠牲にしているのではないか、という思いにとらわれたこともあったに違いありません。しかし、父は同時に剛胆な人であり、きっぱりとした人でした。

昭和二十七年八月二十五日の日記。

「町の代書人を訪ねて、山林四反歩ほど売却する登記の件を依頼した。選挙で使った費用に売却したもので、その登記を終わってほっとした」

昭和三十年六月十五日の日記。

「選挙には費用がかかるものだが、私は米一俵に山林三反歩ほど売却した。その気分はさっぱりしている」

先祖伝来の山を切り売りしても、農民運動家としての選挙のためなら、少しもためらったり悔やんだりすることがない、それが父の生き方でした。

谷川

孤独を
自己の胸に叩き込んで
死ぬほど
前進を
欲している
谷川！

これは父の詩の一つですが、西毛地域の文化人が中心となって高橋辰二没後二十年を記念して、辰二の文学顕彰会を発足させ、昭和六十二年にふる里額部の大塩湖畔に建立された詩碑に刻まれたものです。

父の内面にあった孤独、それは農民として家族と幸福な生活を望みながらも、社会運動に身を投じなければならない強い決意と信念です。そして、社会運動への情熱は大雨で激流と化した谷川のごとく激しいものだ、という父の心が表された詩です。

昭和62年、大塩湖畔に建立された『谷川』の詩碑

私は、子供ながらに父のそうした心情を感じ取っていたと思います。
もう一つ私の心に強い影響を与えた父の詩があります。

欅

聖なるかな、竹藪の中に立てる
一本の欅よ
彼は大勢の長い弱々しい竹を数本も
身体にささえて雪の降る
宵は戸外に燈火のもれない淋しい
裏山で夜明けを待つ

雪がとけると又欅から
竹は離れてのびて行く
もう折れる心配はないと彼等は

愉快に歌い出す

「はじめに」でも記しましたが、私はこの詩の情景をまざまざと思い描くことができます。私の家の裏にはうっそうたる竹薮が広がり、そこに一本の大きな欅が立っていました。冬、大雪が降り続く夜には、雪の重みで次第に竹が曲がり、ついに耐えられず、パキーンと鋭い音とともに竹が折れる音が、一本また一本と聞こえてきます。

雪がやんでから竹薮を見ると、たくさんの竹が折れていますが、欅の周りの竹は欅にもたれて、折れずにまっすぐ伸びています。欅はまるで、大きな枝を広げて、弱い竹を雪の重みから守っているようでした。

父は、その情景を詩に表したのですが、私は「欅はなんと大きくて偉大なんだろうか。欅は腕を広げて竹を守っている。俺も、欅のように静かで大きく強い人間になりたい」と、深い感動を覚えました。「欅のような人間になりたい」という思いは、以来、今日に至るまで、私の心の中に生き続けているのです。

高校生でコンニャク大量栽培

昭和三十年四月、私は群馬県立甘楽農業高等学校夜間部に入学しました。中学の卒業が近づき、進路を決めなければならない時期がきても父は、あの学校へ行けとか、学費は出してやるとか、何も言い出しません。自分の道は自分で切り開かねばと私は、昼間は家の農業に専従して家計を助け学費を生み出し、夜は高校に通う方法を選択したのです。

甘楽農業高校は、富岡製糸場から東に五百メートルほど先の井戸沢橋のたもとにあり、現在は富岡実業高校と名称が変わっています。私は平成八年から二十年間、同校の同窓会長を務めています。ふる里岩染から高校までは、七キロ近くあり、私ははじめの一年間くらいは自転車で通学し、その後、当時出回り始めた自転車に小さなエンジンが付いた自転車バイクで通学、三年時にはコンニャクを売ったお金でヤマハのオートバイを買って乗り始めました。授業は夕刻五時半から九時半まで。授業が終わると部活動の時間が一時間余りありました。

高校には、空手部がないので取りあえず柔道部に入ることにしました。空手の次は柔道で強い男になることを目指したのです。こうして、朝から夕方までは農業に従事し、夜間高校で授業を受け、放課後は柔道という毎日を送っていました。畑に出ると弟たちを相手に柔道を教えてきました。三年生、四年生と柔道部の部長を務めましたが、何かもの足らず三年時からボクシングを習いに高崎まで通いました。

学校で農業の知識と技術を学ぶうちに、私はコンニャクに興味を持ちました。当時からコンニャクは富岡から甘楽・下仁田の地域で伝統的に栽培されていました。新しいコンニャク栽培は、種イモから生子を採り、それを春に植え付けて秋に二年生のコンニャクイモと生子を採り、次の春にその二年生を植え付けて三年生と生子を採るというように、収穫して販売するまでに三年から四年の長い期間が必要です。

しかし、当時は和玉と呼ばれる伝統品種のコンニャクが、畑に自然任せで栽培されていました。従って、値は高くても収穫量は非常に少なかったのです。

私は、それならばコンニャクを大量に栽培すれば大きな利益が生み出せる、と考えました。そこで、親戚筋にあたる甘楽郡南牧村大塩沢の田貝寅三氏が復員後の昭和三十年頃に開発した玉種の種イモのいぶし暖房による「田貝式コンニャク大量貯蔵法」と、「畑の深耕によるコンニャク栽培法」を手伝いながら習得し、それを岩染で実践したのです。

問題は岩染の畑の土壌でした。コンニャクは、葉に傷が付いただけで病み枯れてしまうようなデリケートな植物です。強い日光、風、干ばつ、水はけの悪い土地ではうまく育ちません。コンニャクの安定的栽培には、畑を四十センチほどの深さに深耕し、堆肥を入れ、ペーハーも整えなければなりません。

ところが、岩染の山の畑は、十五センチも掘ると大小の石がゴロゴロと出てきます。それを取り除くとまたその下に石があるという状態でした。

私は来る日も来る日も鋤や鍬で畑を掘り起こし、石を取り除く作業に明け暮れました。

そして、春に軟らかくなった畑に種イモを植え付け、秋にコンニャク玉と生子を収穫しました。コンニャクの栽培は、まだ始まったばかりです。まず、種イモと生子を翌年の春まで生き生きとした状態で保存せねばなりません。私は、母屋の二階に棚を作り、乾燥や腐敗を避けるため、保湿、通風などに細心の注意を払いながら管理しました。翌年の春、生子を植え、その年の秋に二年生を収穫。それを保管し、翌年の秋ようやく三年生を収穫することができました。しかも、大量にです。この結果、私には当時のお金で四十万円ほどの売上金がもたらされました。

父が山一つ売っても十万円に満たない時代の四十万円は、かなりの大金でした。父親の選挙資金も全額出してあげることができたので、私は大得意でした。コンニャクの大量栽培の成功は、地域の農家の収入を増加させるものとして、栽培法を私に聞きに来る人も少なくありませんでした。岩染近辺の農家には、私が収穫し備蓄した生子を分けてあげました。

コンニャクの大量栽培に成功し、自分への褒美として購入したオートバイ

その後、私が開発した支那玉のコンニャク大量栽培法は、富岡地域の農家に広まり、養蚕に並ぶ農家の貴重な収入源となり、後年養蚕業が衰退した後では、コンニャク栽培だけで農家の家計を支えられるようになったほどでした。

このコンニャク栽培で気になったことがありました。コンニャクは病気に弱い作物なので、先人たちから教えられるままに農薬ボルドー液による消毒をコンニャクの成長期に頻繁に行ってきました。畑の近くの岩染川上流の水を採取して大きな容器に消毒液を作り、それを肩掛け噴霧器でコンニャクの葉が白くなるまで吹き付け、両手もボルドー液の青色に染まりました。コンニャク農家が増えるにつれ、岩染川の清流で消毒器具を洗浄したり残液を流したりするようになり、私が上京した数年後に帰省した頃には、川は荒れてカジカは採れなくなり、消毒液のプラスチック容器などが川辺に散乱していました。昭和三十年代当時には、まだ環境意識は農家に届いていなかったのです。その後、仕事で長野県の高原野菜の産地などに出かけた際、野菜畑の崖下に農薬の瓶やプラスチック容器が山のように捨てられて残液が流れ出ている様子を見て、一番自然と共にあるべき農業が自然を痛めつけていることには複雑な気持ちになりました。その後の環境意識の向上と共に農薬の使用は制限され、最近はきれいな川が戻っていることを嬉しく思います。

私は、自分へのご褒美として、当時はまだ珍しかったオートバイ（ヤマハ一七五ＣＣ）を買いました。当時は珍しかった牛皮の上下を着て、レーサーのようないでたちで高校への登下校や富岡の町中を得意げに乗り回しました。オートバイは爽快でした。製糸場の脇の道を走れば、工女さんや女学生たちが好奇の目を向けます。私は、スターになったような気分で走り抜けたものです。ただし、いつも名誉ある父のことが頭にあったので、けんかをしないよう心掛け、あえて女性には目をくれないよう硬派で通しました。

インタビュー

額部村のヒーロー

佐々木　功さん

（富岡市会議員・富岡実業高校同窓会副会長）

私は、額部村岡本の出身で、伸二先生より一つ年下です。額部小・中と一年後輩でしたが、私は甘楽農業高校の全日制に入り、伸二先生は四年制の夜間に通っていましたから、卒業した年度が同じになったんです。昭和三十五年の卒業です。

子供の頃の思い出はほとんどないのですが、伸二先生の思い出といえば、何といっても高校時代のオートバイの印象が強烈でした。

われわれ全日制の生徒が部活を終えた頃、伸二先生が颯爽《さっそう》とオートバイに乗って現れるんです。当時は、オートバイは高価で高校生が買えるようなものではありませんでした。聞けば、伸二先生はコンニャクの大量栽培に成功し、その収益でオートバイを買ったというではありませんか。

「すげえなあ!」の一言で伸二先生の姿を見ていました。

私はその後、高瀬村農協に就職したのですが、額部村農協の組合長は高橋辰二さんがなさっていました。

伸二先生が弁護士になった頃、辰二さんが急に亡くなり、高橋家が大きな負債を抱えていることが聞こえてきました。

その負債の返済を伸二先生が一人で背負い、瞬く間に返済してしまったことを聞いた時に、私は、高校時代にオートバイを颯爽と乗り回していた伸二先生の姿が、まず目に浮かびました。やはりどこか違う、という思いに打たれました。

私が市会議員に立候補した時には、同窓生のよしみで率先して応援演説をしてくれました。また、平成八年から富岡実業高校の同窓会長を伸二先生にお願いしていますが、寄付金を集めたり、生徒たちの便宜のために、いろいろな方面に陳情したり、嫌な顔などすることなく、積極的にやってくれます。本当に頭が下がります。

その後のことですが、富岡製糸場が世界遺産になるなんてまだ誰も思いもよらなかった頃から、富岡製糸場を愛する会を立ち上げて、市民の先頭に立って活動し、ついに世界遺産登録を実現したんですから、あの人はやはりどこかが普通の人とは違います。

　高校生でコンニャクの大量栽培を考えついたことも、大きな額の収益を上げたことも、そのお金でオートバイを買い、辰二先生の選挙資金も出してあげたなんて、やはり普通の少年にできることではないと、私はつくづく思います。

ボクシングでより強い男に

この頃、私にもう一つの出合いがありました。ボクシングです。

高校では、三、四年生の二年間、柔道部の部長を務めていました。でも、もっと強い男に憧れて、高崎公園内にあった武徳殿でアマチュアボクシングを教えていると聞き、早速練習に参加させてもらいました。

高崎に通うにも、オートバイは役立ちました。高崎拳闘道場という名称で、この時一緒に練習した仲間の一人が、日本の代表的レフェリーで、現在の日本ボクシングコミッション事務局長・プロボクシング世界タイトルマッチのレフェリー、ジャッジを百回以上こなしてきた高崎市出身の森田健さんです。

森田さんは、フライ級のプロボクサーとしてデビューし、ファイティング原田とも試合をし、引退後レフェリーとして世界的にも大活躍した人です。現在、私がオーナーを務めている高崎ボクシングジムは森田さんが創設し、私が引き継いだものです。

高崎拳闘道場では、拳にバンデージを巻き、まずシャドーボクシングです。ストレート、フック、ジャブ、アッパーの基本パンチングを繰り返すのです。三分間のシャドーボクシングを十ラウンドほどやり、次にパンチンググローブを付けて、ミット打ちやサンドバッグをたたきます。慣れてくるとヘッドギアを付けて実戦に近いスパーリングをしました。

私は、日に日に自分が強くなっていくのを実感しました。高校生のボクシング大会にも出場しました。

「あれがボクシングの高橋だ」

富岡の町で、他校の高校生とすれ違うと、こんなささやきが聞こえてきました。ボクシングを身に付けることで、私はすっかり自分が強くなったと錯覚し、怖いものなど何もないという気分になっていました。でも、私はけんかは絶対にしませんでした。「父や家の名を汚してはならない」という気持ちです。いくら強くてもけんかはスポーツではない、恥ずかしい暴力だ。暴力で人を屈服させるなどということは、スポーツマンシップに反するというのが私の信条でした。

そんな高校時代でしたが卒業が近づくにつれ、今後どのように生活すべきかを考える必要が生じてきました。長兄の憲一が結婚して家庭を持ったのです。私は、それまで高橋の一家を支えるために、夜間高校を選び農業に専従してきましたが、兄が家を継ぎ農業や養鶏に専従してくれるなら、次男の自分は他の道を探すべき、と考えるようになり、私は、高校卒業と同時に就職のため上京することを決意しました。十九歳の時でした。

インタビュー

日本初の弁護士ボクサー

森田　健さん（プロボクシングレフェリー・日本ボクシングコミッション事務局長・ＷＢＣ、ＪＢＣ理事）

高崎ボクシングジムの選手と森田健さん
（左から２人目）と筆者

私は高橋先生より五歳年上です。私たちの青春時代に、高崎の武徳殿の中に高崎ボクシングジムというアマチュアボクシングのジムがあり、私も先生もそこで練習をしていました。私の階級は四十六キロまでのモスキート級で、高橋先生はフェザー級でした。階級が違いますから、お互いに顔を見知っていても、グローブを交えたことはありません。私は、二十三歳でプロデビューして、二年間プロボクサーとして闘いました。その後レフェリーとして活動していましたが、三十八歳の時にレフェリーを引退して、プロのボクシングジムをつくろうと思い立ちました。しかし、レフェリー界から引退を留められ、高橋先生に相談し、十九歳でプロボクサーのライセンスを取得している先生にジムのオーナーになっていただき、弟の森田良治をマネジャー兼コーチにして、ジム経営をしていくことになりました。それが、現在の高崎ボクシングジムです。

以来、今日まで四十六年間、先生と親しくお付き合いさせていただいています。この間、日本ランキング一位の選手を八人出し、八回日本チャンピオンのタイトル戦を行いましたが、一度も勝てませんでした。全て惜敗です。前半は有利に展開しても、後半で力尽きてしまうんです。

その原因は、群馬県のプロのジムは、高崎ボクシングジムしかなく、他流試合ができないので、選手の気持ちがどうしても甘くなる、後楽園ホールに行ったこともないし、雰囲気にのまれてしまうことなどが考えられます。

高橋先生はこの間、ボクシングジムの土地建物を大金を出して購入するなどして一生懸命応援してくださいましたが、その度に負けてしまいますので、さぞやがっかりなさっただろうと、申し訳なく思っています。何とか近い将来に日本チャンピオンを生み出して、先生のご支援に応えたいというのが、高崎ボクシングジムと私の悲願です。

現在は弁護士でプロボクサーライセンスを持っている人も何人かいるようですが、日本で最初の人は高橋先生なんです。しかし、弁護士になったのだから、ボクシングはやめた方がいいと周りから留められて、先生はリングを降りたんです。

もし、先生が弁護士にならずに、ボクシング一本でいっていたなら、恐らく日本チャンピオンになれたと私は思っています。

ご自分では、弱いからやめたとおっしゃっていますが、実はそうじゃないんです。弁護士として、やくざの組に乗り込んだり、オウム真理教と闘うなど、随分危ない場面もあったと思いますが、やはりボクサーとして、リングの上で、相手と殴り合う勇気、心の強さがあったからこそできたことだと思っています。

第2章

上京
――三兄弟司法試験に挑戦

三畳一間の4回戦ボクサー

高校卒業をきっかけに、私は東京方面に仕事を探しました。社員を募集していた東京都大田区の日本特殊鋼に応募したところ採用され、東京に移り住みました。

工場は東京から川崎、横浜方面に広がる、いわゆる京浜工業地帯にありました。

私は蒲田駅からさほど遠くない場所にアパートを借りました。三畳一間の部屋で、風呂はなく、トイレと炊事場は共同でした。

初任給は八千円、家賃は三千円、残りの五千円で衣と食、交通費などを賄うのです。富岡や岩染とは全く異なる都会の雰囲気の中で、何に向かって生きていけば良いのかも明確にできぬまま毎日、製鋼工場に通いました。

工場では製鋼工場の一員として、電気炉から出る溶鋼や鋼材をクレーンで運ぶためのワイヤー掛けが最初の仕事でした。耐熱布で作られた制服を着て、頭にはヘルメット、手には耐熱手袋、足には脚絆と安全靴というスタイルです。

先輩の工員は皆親切に仕事を教えてくれましたし、私は天井走行大型クレーンのオペレーターになりたいと申し出て、すぐにクレーンの免許が取れましたので、入社半年でクレーンの運転手をしていました。

工場で働いていれば、昼食も夕食も格安で食べられますし、贅沢さえしなければ十九歳の青年が暮らしていくには十分な給料でした。

しかし、何か満たされないものが心の片隅にあることを、次第に自覚するようになりました。

そんなある日、仕事の帰りがけに蒲田で偶然ボクシングジムの前を通ったのです。

「鈴木拳闘倶楽部」という看板が掲げられ、数人のボクサーが練習している姿が、窓ガラスの向こうに見えました。

「これだ！」と私は思いました。

ついこの間まで、毎日練習に励み、強い男としての自信を与えてくれたボクシングに東京の蒲田で再び出合ったのです。

私は、その場でジムに入って行き、鈴木会長に入門を申し込みました。

その時、私のボクシング歴を聞いた会長が尋ねました。

「プロを目指す練習生か？　それともアマチュアの練習か？」

「プロを目指します」

私は即座に答えました。答えてから、

「そうだ、高校時代からのボクシングの経験があるんだ。プロボクサーになろう。どうせやるなら、世界チャンピオンを目指そう」

そう気持ちを奮い立たせました。

三カ月後には後楽園でプロテストを受けて、一発で合格しました。クラスはフェザー級でした。

プロテストに合格すると、四回戦から始めて、新人王を目指します。その後、日本ランキングを上げていく闘いを数年行ってから、日本チャンピオンを狙うのです。

私は、曲がりなりにも鈴木拳闘倶楽部所属のプロボクサーになったのですから、練習にも一層熱が入りました。四回戦のリングにも何度か上がりました。

しかし、戦績は私自身が、また鈴木会長が期待したほどは良くありませんでした。私は、パンチ力もあり、スピードもありましたが、パンチ力に対応した体の強さに欠け、自分のパンチで自分の拳を痛めてしまったり、相手のパンチに体が悲鳴を上げてしまう。私がプロボクサーとしての道を歩むには、基礎的な肉体の強靭《きょうじん》さに欠けていることに気付き、これ以上ボクサーを続けるのは難しいと思うようになりました。

しかし、製鋼所の工員を続ける気持ちにも迷いがありました。

ちょうどこの頃転職の話があり、私は川崎に新設された日本鋼管水江製鉄所に入社することになりました。

業務は前の職場と同じ大型製鋼工場での大型の天井走行クレーンの操縦でした。日本特殊鋼での一年間で、私は製鋼工場の工員に必要な資格を幾つか取っていました。例えば、クレーンにワイヤーを掛ける玉掛免許、クレーン操縦免許などです。

私は工場内の天井走行大型クレーンの操縦を任されました。幅四十メートルの工場の天井両脇に敷かれたレール上を移動する高さ二十メートルのクレーンの運転席に座り、溶鉱炉から出る溶鉱を受け取り、それを工場内のインゴットに注入したり、さらにそれを吊り上げて所定の場所に移動する作業などを、作業員の指示により行っていました。

仕事にはやりがいを感じましたし、同僚たちは気のいい仲間で、毎日を楽しく働いていました。

この頃は六十年安保闘争が盛んな時代でした。鉄鋼労働者はしばしば労働組合に動員されて、デモに参加しました。

しかし、私には集会で演説する組合の指導者たちが、一体何を言っているのか、日本や世界の政治、経済情勢などについて、すぐに理解することができませんでした。

ある日、デモの帰りの電車の中で、先輩がこんなことをつぶやきました。

「アメリカの軍事力で日本が守られるなんていうのは、まやかしだ。アメリカに基地を提供して、属国になるようなもんだ。米ソ冷戦で日本は戦場になるかもしれないんだぞ。君もそう思うだろう」

「はあ……」

私は、あいまいに答えました。

このように、私は上京後二年間、田舎の高校生から進歩しないままの日々を送っていたのです。

もっと世の中について学ばなければ、と私はしみじみと思いました。

頭脳鍛えて大学進学を決意

いつであったか、ふる里の高校の同級生が中央大学法学部の夜間に入ったといううわさを聞いたことを思い出しました。

そうだ、大学に行こう！　大学で勉強すれば一般の教養を身に付けられる。ボクシングが駄目なら、今度は頭を鍛えよう。

私は決心しました。

「あいつが入れるなら、俺だって」と、中央大学の夜間部に入ろうと決めたのです。

しかし、大学に入学するには、試験を受けなければなりません。私の学力はといえば、高校時代の四年間、昼間は農業、夜は学校には行きましたが、柔道やボクシングに精力を注いでいましたから、あまり自慢できるようなものではありませんでした。特に英語が問題でした。

文科系の大学入試には、国語、社会、英語の三科目が必須でした。国語、社会には自信がありましたが、英語は相当勉強しないと合格レベルには達しないと思いました。

私は、当分の間、英語漬けの生活をしてみようと、まず川崎の英会話学校に入学し、日常英語を基礎から勉強し直しました。

さらに、英字新聞を取り、通勤途中に辞書を片手に読みふけりました。職場のクレーンの運転席でも英語の辞書を広げ、片手で英文を追いながら仕事をしたものです。一年もすると発音はともかく英単語力も身に付いて日常英会話が片言ながらできるようになり、読む力も付きました。その甲斐あって上京二年目の春、二十一歳で中央大学第二法学部に入学することができました。

三交代制の仕事をしながら、大学に通い始めましたが、しばらくすると二部の同級生の多くが勤めながら大卒の資格取得や昇進を目指している現状を知り、ここにとどまっていては先がないと考えました。

当時、中央大学第一法学部の司法試験合格率は全国一で、多くの昼間部の法学生が法曹界に進もうという考えを持っていました。

入学当初の私は、司法試験受験を考えていたわけではありませんが、入学はしたものの二部の学生の現状を知り、何のために大学に入ったのか、私はしばしば自問しました。まず、頭に浮かぶのは、プロボクサーになろうとしたにもかかわらず、体の強靭さが足らなかったことです。リングで拳を交えれば自分がどの位置にいるのかはすぐ分かります。何人かのジムのランキングボクサーとスパーリングを繰り返していると、ボクシングは好きですがリングで闘える体でないことはすぐ分かります。

強い男に向かって幼い頃から努力してきたものの、プロボクサーの資質がないことは自分で分かりましたので、引退することには全く抵抗ありませんでした。

ただ二十歳まで勉強もせず体を鍛えてきた自分にどんな未来があるのか、都会の暮らしを経験した私は、田舎に帰ってあの単純で過酷な農業労働に戻ろうとは思いません。

勉強を始めると、工場労働者になって企業と労働者、世の中のことなどわからないことだらけの中から好奇心が生まれ、大学に入って勉強してみようと思いました。

はじめは大学に入るのも苦労しましたが、夜間大学に入学してみると多くの学生が大卒の資格を取れば就職や昇進に好都合と考えている現状を知り、すぐこの世界にいては先がないと考え、当時司法試験合格日本一の中大法学部法律学科に転部科入学に挑戦して幸い狭き門を通れたので、そこから本気で法律家を目指すようになりました。

転部試験は非常に高倍率で難関でしたが、幸いにも私は一回で合格し、晴れて中央大学第一法学部法律学科の二年生となったのです。

とはいえ、私は日本鋼管の工員でしたから、三交代制の勤務に合わせて大学に通わねばなりませんでした。早番は朝七時から夕方三時まで、中番は三時から十一時まで、遅番が十一時から翌朝七時までなので、大学に通って授業を受けるのは、遅番の週しかありません。

幸いなことに、当時の大学は出席をあまり重視せず、期末試験さえ好成績ならば、単位が取れるという講座が大部分でした。私は、可能な限り授業に出るよう努めましたが、出られない分は教科書を熟読し、大学内の勉強会にも籍を置いて、法律の勉強に取り組みました。出席率は極めて低かったものの、私の試験の成績はほとんどで「優」を取れました。

そして、今思っても大胆なことをしたものだと思うのは、会社勤務で勉強時間が足りないために、大学二年の二十二歳の夏に、自ら入院して盲腸を切除し、入院中は病室で、退院後は病気休暇を取るなどして自宅や図書館で法哲学などの法律書を読みあさり勉強をしたことです。

当時、ソ連の宇宙飛行士が乗船前に盲腸を切除するニュースが流れていたことを、川崎の病院の医師に話して手術をお願いしたところ、若い医師が引き受けてくれたのです。今思うとよく手術してくれたものだと不思議な思いがします。

ただ一度の人生　司法試験に挑む

この頃の街には、スバル３６０やダイハツミゼットが出回り始め、日本もモータリゼーションの夜明けを迎えつつある状態でした。ラジオで大相撲の実況を聞くのも楽しみのひとつで千代之山、吉葉山、鏡里、栃錦、若乃花などの取り組みを興奮しながら聞いたものです。

私が住んでいた川崎には、駅近くに映画館街がありました。

工場と大学とで遊ぶ時間など全くなかった私の生活でしたが、月に一、二度洋画を見に行くのが楽しみでした。「シェーン」「鉄道員」「第三の男」「太陽がいっぱい」「キングコング」などを見たことを思い出します。日本映画もたまに見ましたが、黒沢明監督の「隠し砦の三悪人」は大変印象に残った作品でした。

ある日、職場の同僚と社員食堂で昼食を食べていた時のことです。同僚がこんなことを言いました。

「高橋は大したもんだ。仕事と大学を両立させてさ、大学卒ということになれば、俺たち高卒とは職場も違うし、差がつくよな」

私は、大学卒業資格を得て職場での待遇を良くするために勉強しているわけではない、と同僚に言いました。

「じゃあ、何のために頑張ってるんだ」

同僚はなおも尋ねました。

「司法試験を受けるつもりだ」

私は思わず言いました。

「そりゃあ、もっとすごいや」

同僚は私の顔をまじまじと見つめました。

私が司法試験受験を考え始めたのは、大学に通い始めて二年目、転部してからのことでした。

中央大学法学部では、司法試験受験について常に学生たちの間で話題に上ります。

しかし、私のように働きながら大学に通う者にとっては、毎日の授業を受け落第しないようにすることさえ大変な努力を要することでした。

職場の同僚が言った学卒の資格を取るだけでも大変なのに、司法試験を受けるなど私自身も実は考えてはいなかったのです。

しかし、学卒者として日本鋼管でのポジションを上げることが、自分の人生の目的なのか、と自問すれば、「いいや、そうではあるまい。俺は、あの雪の日に竹を守った欅のような、大きな人間になるんじゃなかったのか」「農民運動や詩人として誇り高く生きている父親にほめてもらえるような人間になりたい」と、心の中でそうつぶやく自分を発見していました。

私は、どうしたら司法試験に合格できるか、どのように勉強したら良いかを真剣に考えるようになったのです。

この頃、私の心の中に時々浮かんできた父の詩があります。

滝

滝のしぶきがとんで来る
淋しい　谷間の樵夫の小舎に

五人の男の子は
思い〴〵の生活をもち
世の中へ旅立った、その後で

低い軒場に母は立ち
谷に祭りの笛の音ひびく

ふる里を出て来た私ですが、父も母も私の行く末をひそかに案じてくれている。一度しかない人生だ、力の限り生きよう。司法試験がいかに困難であろうとも、精いっぱい頑張って勉強し挑戦してみよう、私はそう思うようになりました。

そして、大学四年生になったら日本鋼管を辞め、貯めたお金で一年間司法試験の受験勉強に専念しようと計画を立てました。

1日20時間の猛勉強

さて、司法試験とは大学卒業程度の一般教養問題が出される一次試験と、法律科目の問題が出される二次試験とがあり、大学の教養課程を終了していれば一次試験は免除されるので、大多数の人は二次試験から始めます。

二次試験の内容は、短答式試験、論文式試験、口述試験に分かれ、受験者約三万人余りの中から短答式試験に合格した者約三千人が論文式試験に進みます。短答式・論文式試験には、公法系科目、民事系科目、刑事系科目、選択科目から問題が出されます。そして論文式試験に合格した約五百五十人が口述試験を受験して、約五百人が最終合格します。

一般に受験生は憲法・民法・刑法・訴訟法の基本書と六法全書を繰り返し読み、受験参考書や過去問題集、判例集などを徹底的に読み込む必要があります。

私は計画した通り大学四年の夏で日本鋼管を辞め、翌年の春から始まる択一試験と論文試験、そして秋の最終口述試験と続く司法試験を目指すことにしました。

日本鋼管からは、退職金として十五万円ほどが出ましたので、それに若干の貯金を足して、勉強に専念すれば何とかやっていけると考えました。会社を辞めたその日から三畳一間のアパートで、こたつ板を勉強机にして一日に二十時間は法律書と格闘しました。睡眠時間は三、四時間ほど、そのままこたつで横になって眠りました。

食事は二日分の米を炊いて、保存の効くおかずで済ませ、近くの銭湯は週に三回と決め、ほとんど外出せずに、有名教授の著作した民法、刑法、憲法などの法律基本書に絞り込んで、著者と同じ考えに到達するまで読み込もうと心に決めてむさぼり読みました。

読めば読むほど、法学の奥深さが垣間見られるうれしさに心が揺さぶられました。勉強すればするほど法律制度に対する視野が広がり、日々進歩する自分の力が感じられ、勉強の苦しさより楽しさの方が上回ってきました。そして、週に一度は大学に行き、司法試験答案添削講習会に参加し、部屋で勉強した内容がどの程度身に付いているかをチェックしました。

唯一の息抜きは、大学の帰りがけに川崎駅近くのパチンコ屋に立ち寄り、当時好んで吸っていたハイライトを入手することでした。二、三百円で一週間分のハイライトを必ず獲得できたのですから、今考えると私のパチンコ技術も大したものだったと思います。

司法試験の勉強を始めてから三カ月ほどは、専門知識があまり頭に入らず、心の隅に「一度では受からないかもしれない」という一抹の不安がありました。

しかし、駄目でもともと、不合格なら何かアルバイトを探して、もう一度挑戦するだけだ、と開き直って、勉強に没頭しました。

その年が明けた昭和四十一年、三月の卒業式を迎えましたが、受験まで半年を切り、私は気持ちを引き締めて勉強に打ち込みました。

この頃から、階下の共同トイレに下りて行く時間さえ惜しく、こたつの脇にアルミのやかんを置いておき、小用はそのやかんの中に済ませ、一日に一度トイレに流すようなことまでしました。このやかんトイレの話は、弁護士になって帰郷した後、何かの折に話したことから一時、地元で話題になりました。やかんトイレを思いつき、自然と実行できたのも、一心不乱に法律書を読みふけっていた私が、いかに時間を惜しんでいたかを物語るものだと思います。

私はこたつに座って本を読み、一段落するとそのまま横になり、少しの間目を閉じて休みました。そんな時に思い出すのは、子供の頃寒さに震えながら岩染の山の中で弟たちとボヤ採りをしたことや、真夏の照りつける太陽の下、一日中畑の草むしりをしたことでした。子供にとってはつらかったふる里の仕事を思い出す都度、「農民として生きていたかもしれない自分が上京して工員になり、ボクシングを諦めて大学に入った。もともと基礎学力もなかった自分が、司法試験に挑もうとしているんだ、人の倍も三倍も努力して当たり前だ。もっと頑張れ、もっと頑張れるはずだ、もっと頑張らなきゃ駄目だ！」と、気持ちを奮い立たせて、もう一度こたつの机に向かいました。

ボクサー魂で一発合格

私は、大学を卒業した昭和四十一年五月、二十五歳の時に短答式試験を受け、自分では不合格かもしれないと落ち込んでいたところが、合格でした。

大学の同級生や勉強仲間たちも私の合格は予想外の結果だったようです。その後、七月の論文式試験にも合格すると、仲間から高橋はダークホースになるかもしれないとうわさされるようになりました。

九月の口述試験はさすがに緊張しましたが、そこは元ボクサーです。ゴングが鳴って、相手と対峙《たいじ》すれば、緊張も恐怖も吹き飛ばして戦わねばなりません。試験官の設問にも、何も恐れぬ平常心で答えることができました。

実際、大学では私よりずっと成績が良かった同級生が、口述試験では緊張で上がってしまい、不合格になってしまったほど、口述試験では失敗する受験生が多いのです。

私は、こうして一回の受験で司法試験に合格できました。二十五歳の秋でした。

大学の所属する研究室では予想外の合格が話題になりました。先輩たちの中には、二年三年と受験する人、中には十年以上も掛かってようやく合格した人が珍しくなかったのです。県会議員をしていた父に報告すると、父も大喜びで、群馬県の知事室に私を連れて行き、紹介したほどでした。

しかし、私はもう二度とこんな厳しい勉強はしたくないと思うほど、集中して勉強に取り組みました。この時ほど、努力することの重要性と、努力は必ず報われると感じたことはありませんでした。

平成二十九年一月、私が理事長に就任した七十年の歴史をもつ上毛倶楽部の先人たちの自伝や座右の銘を記録から読み取ると、「逆境こそチャンス」、「貧乏のどん底」とか「悲惨な体験から反発心、自助心が生まれる」という言葉がよくみられますが、私も同感に思います。

インタビュー

期待通りの研修生

飯原　一乗さん（弁護士・元判事・法学博士・司法研修所民事裁判教官）

高橋伸二先生は司法試験合格後、昭和四十二年に司法研修所に入所されました。司法研修所というのは、裁判官、検事、弁護士という司法における三つの役割について、その実務を研修する機関です。

入所して四カ月間は、司法実務全般について学び、その後一年四カ月間、各地の裁判所、検察庁、弁護士事務所をそれぞれ巡りながら勉強していきます。裁判所では裁判官の横に司法研修生の席が設けられ、実際の裁判に立ち会います。検察庁では検察官の被疑者取り調べに立ち会い、簡単な事犯の場合は研修生が直接取り調べたりします。弁護士事務所では弁護士と一緒にさまざまな事件に取り組み、実際的な法律の運用を学びます。そして、最後の四カ月は再び司法研修所に戻り、仕上げの勉強をしてから最終的な試験を受け、合格すれば晴れて法曹界に出て行けるわけです。

私は昭和四十三年の十二月から四十四年の三月まで、高橋先生の教官でした。当時、私は裁判所の判事でしたから、司法研修所では民事裁判について講義していました。

講義の内容は、例えば過去の裁判事例をモデルケースとして、実際の判決文を作成するといったもので、証人や証拠をどのように評価し、原告の勝訴とするか被告の勝訴とするか、判事の立場で考えていくのです。むろん、成績が付けられます。裁判官や検事を希望しても、その成績によって採用任官が影響を受けるのです。

高橋先生の場合は最初から弁護士志望でしたが、成績は常に上位に入っていました。私は高橋先生の履歴を見て卒業年度に司法試験に合格している、つまり一発合格だと認識していましたから、かなり優秀な研修生だろうとは思っていましたが、期待通りの成績を常に残していました。

講義が終了すると、大概何人かの研修生と一緒に私の所に質問に来て、真剣に仲間と議論していた姿をよく覚えています。

三男勝男も「試験受ける」と上京

司法試験に合格して間もなく、三男の勝男がひょっこり私のアパートを訪ねてきました。勝男は甘楽農業高校（現富岡実業高校）夜間部に進み、私の後を継いで岩染で農業に従事していました。気晴らしに東京見物に来たのかと思いましたが、話してみると勝男の口から語られた言葉は意外なものでした。

「大学に行って司法試験を受けたい」

自分も大学に行きたいと、強い思いで語るのでした。さらに、こうも言うのです。

「狭い岩染でいくら農業に励んでも将来は開けない、大学に進学して自分の将来を開きたい」

わが家では、人に頼らず自分の道を自分で切り開くのが常ですから、私が勝男の思いを止めたりする道理はありません。ただ、決意の確かさを確認しさえすれば、兄としてできる限りの協力をするだけです。

「勝ちゃん、決心は変わらないんだね。途中で引き返せないんだよ」

重ねて私は尋ねました。

「伸ちゃんも頑張って司法試験に合格した。働きながら大学に行くのは大変だと思うけど、自分の人生のために、一生懸命頑張る」

固い決意は変わりませんでした。それではと早速、勝男の三畳一間のアパートを近くに探しました。こうして、勝男も翌年には中央大学第二法学部に入学し、アルバイトをしながら大学に通い始めたのです。

インタビュー

合格まで9年間支えてくれた兄

高橋　勝男氏（三男）

伸二兄と三歳違いの私は、伸二兄が高校を卒業して上京した後、甘楽農業高校の定時制に通いながら兄の後を引き継いで、実家の農地でコンニャクを生産していました。しかし狭い農地ではいくら頑張っても先行きの展望は開けず、将来は明るくないと感じていました。私は、広いアメリカの農業に憧れ、当時行われていたアメリカへの農民派遣事業に応募し、試験まで受けました。その事業が主催者側の事情で中止になり、再び自分の将来について考えるようになったのです。

私が高校を卒業した頃、伸二兄は川崎で働きながら司法試験の勉強をしていましたので、私は自分の将来について、大学に進学したいと兄に相談しました。兄は勉強したいのであれば上京して勉強しろと、私を後押ししてくれましたので二十一歳の時、意を決して田舎を出て川崎に移り住みました。

大学は中央大学の二部に入学しましたが、父は昭和四十二年春に他界したので、川崎に移り住み、当初は学費と生活費は実家の仕送りとアルバイトでまかないました。

大学に入り、自分の将来を開くには努力を重ねて人一倍の頑張りで成果を上げるしかないと考え、入学当初から司法試験を目指して勉強する決心をしていました。

私は、人と同じ勉強時間では試験に合格することはできないと考え、アルバイトは銀座や池袋のビルや公立の中学校に泊まり込んで、夜間の警備をする夜警の仕事を選びました。夜間といっても寝ることなくその間、勉強時間をつくりました。

また、子供の頃から当たり前のこととして行っていた野良仕事で体は鍛えていたので、セレブの場所といわれる代官山で土木作業員のアルバイトも苦もなくこなせました。

ほかにも秋葉原の電器店での扇風機売り、スーパーでのチーズや歯磨き粉の宣伝販売、新宿の居酒屋で皿洗いもしました。一年の半分をアルバイト、残り半分は勉強という変則的な生活でした。しかし、目標がはっきりしていたので苦労という感覚は全くなく、逆境が自分を鍛えてくれると思い、アルバイトを楽しんでいたところもありました。

　しかし、司法試験の壁はそう簡単ではなく昭和五十五年、三十四歳の時にようやく合格しました。この間九年間、兄は弁護士を開業して父親代わりとなって、私が合格するまで学費や生活費を仕送りしてくれました。この支援がなければ私の合格はなかったことは間違いなく、今でも頭の上がることはありません。私が合格した時は、わがことのように喜んでくれたことをよく覚えています。

五男勉も上京

私が司法試験に合格して間もなく、岩染の父から電報が届きました。「ソウダンアリ　ツトムノコト　デンワコウ」という文面でした。

何事かと実家に電話すると、「末の弟の勉が高校を退学になった」と言うではありませんか。勉は子供の頃から明るくやんちゃで腕白でした。高校生になると、その元気で明るい性格から、仲間のリーダー格に祭り上げられていたのです。そして、とうとう他校のグループともめ事を起こしてしまったのです。

父は、県会議員として文教委員を務めていた関係で、高校側から「とうてい勉君の面倒はみられない」と言われたことから、父は「学校が面倒みられないというなら、倅は私が引き取る」と言って、勉を退学させたようでした。これから勉をどう導いていけば良いか、父と相談した結果、当面は何か職業に就かせて、本人に社会で生きる自覚を持たせその後、進路を決めれば良いという結論に達しました。

間もなく、勉は川崎にやって来て、私のアパートから五分ほど離れた場所に、やはり三畳一間のアパートを借り、私がそれまで勤めていた日本鋼管水江製鉄所の工員として働き始めました。しばらくすると勉は「大学入試検定試験を受けて、受験資格を取ってから、兄貴と同じ大学に入る」と言い出しました。それを父に報告すると、父は私や勉にそれ以上どうしろとも言わず、私に「頼む」と言いました。勉も親に頼らず自分の力で学費と生活費とを得ていかねばならないことに、変わりはありませんでした。

しかし、弟二人は自立心が旺盛で、二人とも夜間大学四年間はアルバイトをしながら、ほぼ自活してくれました。

インタビュー

兄の援助受け勉強続ける

高橋　勉氏（五男）

私は五人兄弟の末弟で伸二兄とは八歳、勝男兄とは五歳の差があります。富岡高校三年の春（昭和四十一年）に退学し、その年の夏、父や兄の助言もあり就職することになりました。その頃、川崎市内に二人の兄が住んでいました。たまたま伸二兄の勤めていた日本鋼管水江製鉄所の求人広告を見つけて応募すると、工員として就職することができました。その年の秋には伸二兄が司法試験に合格、勝男兄も司法試験を目指して勉強をしていました。

伸二兄が司法試験に合格した翌年三月には父が他界してしまいましたが、伸二兄がその盛大な葬儀を取り仕切ったのを覚えています。

工場での生活は三交代制で、ベテラン工員になると職工長になりますが、工員ではどんなに頑張ってもそこまでです。私は、工員を続けながら、このまま工員で人生を終わらせたくないと考えていました。

私も将来は大学に進学しようと計画を立て、三年間かけて大学入学資格検定試験に合格しました。順調に高校を卒業していればこんな苦労をすることもありませんでしたが、これもいい人生経験をしたといえます。

大学進学では二人の兄が卒業した中央大学法学部の二部を受験したのは当然の成り行きでした。在学中、金銭的援助は全くありませんでした。アルバイトをしながら食いつなぎ、卒業後は伸二兄の援助を受けて勉強を続けていました。目標や希望があったため耐える生活も大して苦にもなりませんでした。

しかし、何といっても高校時代はあまり勉強をしない〝やんちゃ〟でしたので、一般教養や基礎学力に欠けていたことは否めません。そこで、私は広く一般教養を身に付ける方法として、当時安く買えた文庫本を読みあさることにしたのです。年間に百冊は読んだと思います。

その結果、昭和四十八年、大学三年生の時に司法試験の短答式試験に合格、五十二年には司法試験に最終合格できました。

第3章

父の死

64歳で逝った農民詩人の父

　さて、私は昭和四十一年に大学を卒業し同年九月、二十五歳の時、司法試験に合格しました。司法試験の合格者はその翌年の四月から二年間、司法研修所に入所して研修を受け、弁護士や裁判官、検事としての道を選択します。その頃、父は昭和四十二年四月の県会議員選挙を控えて各地区の支援者まわりをしていました。私も研修所入所まで約半年の時間がありましたので、父と一緒に選挙区まわりを手伝いました。そこではじめて父と話らしい話ができました。県知事はじめ、父はどこに行っても私のことをうれしそうに話していまし

64歳で急逝した父の七回忌の遺影の前で

た。私が弁護士になったら「金持ちからはたくさんお金をもらい弱い人を助けたい」と言ったことが気に入ったらしく、何度も「そうか強きをくじき弱きを助けることはいいことだ」と言っていたことなどが昨日のことのように思い出されます。

司法研修生の間は、上級公務員の初任給と同額が支給されます。当時は三万七千円でした。やれやれ、これで少しは楽ができる、勝男や勉にもたまにはうまいものでも食わしてやれると思っていたところに、岩染で大事件が起きたのです。

昭和四十二年三月二十七日、父辰二は四度目の県会議員選挙への出馬を目前に脳いっ血で急逝しました。六十四歳でした。死の直前、父が西毛文学同人会に届けた詩が絶筆となりました。

草郷

わが身を軽んずるは何故なるか？
静かな炉辺に坐して
温まるこの身に父母の心うつり

しかも当年六十歳のこの身は
まだ幼児なるか？

狭い故郷をきらって
飛び出した年頃、それも今から
かぞえて何年前になるか？
指折りかぞえて知るは能の無き
時の空しさ、あきらめと勇気。
凍る土に立つ樹木はわが前をさえぎり、
梢はしないて雪の重みに頭を垂れる。

暗い時期、暗黒の時代は過ぎて
魂のうなるわが身に何を求めん？
暗いつぶやきは消え――

やがて生活の重荷に取組み
輝く大地の色に染ることをねがうのみ。

みぞれも雪も、新しい年と共に
よそおいを変えて吹きつのる吹雪の
其下でわが草郷の庵は全うし
村道に面し、田畑に通ず。

この絶筆となった詩を読んだ時、私は不思議な感動を覚えました。自分の一生を振り返っている内容、囲炉裏に座り、幼児に戻って父母の面影を追う。船員として世界を回った青春時代の思い出。帰農して以来の農民運動家の厳しい生活。しかし、自分の生まれ育った家は昔のまま村の道に面し、田畑に通じている――。まさに自分の人生の総体を表現した内容です。詩人として天命を感じていたかのような詩ではないでしょうか。
父は、最後まで詩人の魂を持った人であったと痛感しました。

父の葬儀は富岡市農協葬として、額部中学校体育館で群馬県知事をはじめ、数百人の会葬者を集めて厳かに行われました。

残された多額の負債

葬儀を終えてほっとしたのもつかの間、この後、思いもかけぬ事態に直面したのです。青天の霹靂《へきれき》とはまさにこうしたことを言うのだと思いました。

父は農協の組合長として、また地方政治家としての立場から、兄はじめ村人数件の連帯保証人を引き受けていました。あろうことか、そのほとんどが返済不能に陥っていたのです。そして、父は債務返済の義務を負っていることが判明したのです。負の遺産でした。

父だけならまだしも、長兄にも家や土地を担保にした借財があることが分かりました。事業が不振だったのです。

総額二千万円余り。債権者は普通の金融機関ばかりではなく、町金融も含まれていました。

続々と押し掛けて来る債権者たち。私が東京から持ち帰った法律書までもが町金融に差し押さえを受けたほどでした。ところがどうでしょう、私が司法試験の合格者で二年後には弁護士登録する予定であることを知ると、彼等の態度はガラリと紳士的なものに変わりました。

この時ばかりは、私は自分の運の良さを感じました。これが、司法試験受験合格の前であったら、とてもスムーズな交渉はできなかったでしょうし、私も司法試験どころではなかったはずです。

法律の専門家として、解決策の第一選択は、われわれ遺族の相続放棄であることはよく分かっていました。そうすれば、父の負債をわれわれが負うことはなくなります。兄の負債も抵当物件を競売に掛ければ、それで終わりです。

しかしそれでは、岩染の地で先祖代々の家名を保ってきた高橋の家の名誉が地に落ち、私たちもふる里の信用を失ってしまうと考えました。

昭和四十二年三月二十七日に父が急逝し、四月一日から二年間の司法研修所の入所を控えて、多額の借金が発覚した頃、父の知人の老裁判官にも相談しましたが「それは大変ですね」くらいの話で具体的アドバイスは聞き出せませんでした。その頃裁判官・検事などに任官すれば相続した借金を返せるくらいのお金を借りられるのかなどと考えてみたものの、当時の給与額から五百万円以上の借金は無理と分かりました。

私は債権者たちと交渉を重ね、高橋の実家と兄の家族の住まいだけを残して、他の山や畑を売却し整理する案を示しました。しかし、山村の農地や山林は安値で、処分しても依然として一千五百万円ほどの負債が残ります。昭和四十二年当時の一千五百万円は今の数倍の金額に相当します。当時の司法研修生や駆け出しの弁護士が容易に返済できる金額ではないと思いましたが、債権者は農協など亡父の関係者が多く迷惑は掛けられないと考え、ともかく自分が責任を持って払うと約束し、この借金問題を一段落させました。実際、私は司法研修生時代に、その給料や山畑を売ったお金で毎月少しずつ返済し、弁護士になってからも返済を続けました。

弁護士を開業してからさまざまな仕事で走り回っているうちに、仕事をしっかりすればお金はそれなりに手にできると分かり、開業三年余りで債務を完済することができました。短期間の返済で、債権者たちから私はかえって感謝され、私を気に入った高利貸が嫁の世話まで申し出るほどでした。

家の負債問題に直面した時、私の心の中に常にあったのは、高橋家の誇りを保つことと、どんなに厳しい状況や強い相手でも決して逃げないというボクサー魂でした。どんな相手、どんな問題にも逃げずに正面から本気で立ち向かって行けば、必ず解決への道が開けるという私の信念は、この頃から一層明確に心の中に根付いていきました。

日本に多くの弁護士が存在しますが、中には自分自身で負債を負ってその返済に苦しみ、困って他人の金銭に手をつけるような不祥事がまれに報告されます。しかし、身内の借金を背負って苦労した弁護士は多くはないでしょう。

私には負債を負って相談に来る人々の、追い詰められた苦しい気持ちがよく分かります。同じような体験をした者が持つ雰囲気というものが共感を呼ぶと言ったらいいのでしょうか、一度相談に乗った方が、負債に苦しむ別の相談者を連れて事務所にやって来ることは珍しいことではありませんでした。

もう一つ数千万円のお金がかかったことがあります。弁護士開業二年目の昭和四十六年、亡父の県議後援会や身内の要請を受け二十八歳で県議選に立候補しました。当時、県議会議長をしていた大物県議との一騎打ちとなりましたが、五百票差で惜敗しました。そのころの国会・県会の議員選挙では、各選挙事務所がこぞって昼と夕方におにぎりやうどん、カツ丼などを来訪者に出していましたので、有権者の間で〝A〟候補のレストランはトンカツだ、〝B〟候補のレストランはうどんだったなどとささやかれ、その手伝いに大勢のご婦人も動員されてそれはにぎやかでした。いまでも春の選挙事務所に行って、地区のご婦人手作りの菜の花のおひたしやおにぎりに出合うと懐かしくなります。

28歳で県議会選挙に出馬、選対会議であいさつをする筆者

その後も告示直前に無投票は良くないとか後継者に言われて出馬してみましたが、いずれも当選には至りませんでした。その間、自民党や社会党から入党出馬の要請もありましたが、地方自治に党派は不要として政党への入党を拒み、高橋党を貫きました。しかし、代議士↓県議↓市議の強固な後援会組織のなかで票が動く地方政治では、若い私にはその壁を破ることはで

きなかったのです。

六十歳を過ぎてから、地元の首長選や議員選の都度、有力者から首長までが私のところにやってきて、「今の伸ちゃんなら市長でも県議でもなれる」と出馬を薦めてくれますが、私自身すでに政治家への夢は全く持ち合わせていません。

父や兄の借金返済や選挙出馬などをしながら、弁護士生活も五年目に入り、これからの生活の展望も開けつつありました。

私は、自宅や安い別荘を銀行の借入金で取得し、順調に返済してきました。こうした経験を通して私の経済観念は、「金は天下の回りもの」「有効に使った金は返ってくるもの」「働けばお金は手に入るもの」というものに変わっていきました。以来、弁護士会や政治家とか知友との付き合いをはじめ各種社会活動には進んで身銭を出してきました。

その後取得した法律事務所やボクシングジム、その他の不動産から車に至るまで、まず借金で購入し、これを返すために一生懸命働いて、七十歳の前に無借金になりました。

私は額に汗して働いて稼ぐことには人一倍熱心でしたが、株式投資や賭け事など自分の意思でコントロールできないことは一切しませんでした。

インタビュー

身に付けたリーダーの資質

今井清二郎さん（元富岡市長、富岡製糸場を愛する会紙芝居部会長）

私は昭和十五年生まれ、高橋伸二君は昭和十六年の早生まれで、額部小学校、中学校の同級生です。私は額部村野上の出身です。小学校時代の高橋君は、おとなしい子供でしたが、成績はとても良かったと覚えています。小学生の頃から山の田んぼで麦踏みをしていると聞いたことがあります。

高橋君と再び交際が始まったのは、高橋君が弁護士になり富岡に戻ってからです。あのおとなしい高橋君が弁護士になったと、同級生たちはとても驚いたのですが、高橋君ほど子供の頃の印象と大人になってからの印象が変わった人はいないのではないかと思います。

恐らく高校時代にコンニャクの大量栽培に成功し、大きな収益を上げて、意気揚々とオートバイを乗り回していた頃、やればできるという自信を得たのではないかと思います。さらに、ボクシングを習って強い男になろうとしたのですから、この辺りで高橋君は大きく変わったのではないかと、私は考えています。

昭和四十四年に高橋君は、富岡市内に弁護士事務所を開きましたが、そこは私が経営する建設会社の目と鼻の先にありました。同級生の高橋君が事務所を開いたというので、私はしょっちゅう彼の法律事務所に出入りし、彼が結婚した後は奥さんの手料理を食べさせてもらったりしていました。

高橋君は昭和四十六年に群馬県議選に出馬し惜しくも落選しましたが、私は自分の会社の仕事はそっちのけで事務所に常駐して彼の選挙運動を手伝いました。なぜなら、高橋君のような人こそ、県会議員としてふさわしいと確信できたからです。何といっても弁護士ですから法律には詳しいし、弁舌も爽やかで、県民のためになる議員になってくれると信じられました。

しかし、当時の選挙運動は現在と大きく異なっていました。政党の組織力を基盤に展開していたため、わずかな差で当選には至りませんでした。彼が当選していれば、立派な政治家となり国会にまで行けただろうという思いは今も変わりません。

私は平成七年から平成十八年まで富岡市長を務めましたが、高橋君は選挙の応援演説を熱心にやってくれました。

高橋君が富岡製糸場を愛する会を立ち上げたことに対しては、私も大いに共感を覚えました。私も早くから富岡製糸場は、将来大変貴重な観光資源となり、富岡市の文化の基盤になると考えていたからです。

愛する会のリーダーとして高橋君は当初から身銭を切って活動に貢献していました。リーダーがそれほどの覚悟と情熱を持って取り組まなければ、民間団体が大きな波を起こし、業績を上げることはできません。ですから私は、今でも高橋君があの時県議選に当選していたら、彼の人生がどのように変化しただろうかとしばしば思います。

第4章

人権を守る

27歳で弁護士事務所開設

昭和四十四年四月、二十七歳の私は晴れて弁護士登録して弁護士を開業しました。開業挨拶の葉書には、「自他の自由を求めて」弁護士を開業すると書きました。自身何者にも拘束されない自由人でいたい、また他人が不自由であればその人の自由を回復したいとの思いから、おこがましくもストレートに「自他の自由を求めて」と書きました。

弁護士開業のお知らせ

春暖の候　貴家益々ご清栄のこととお慶び申し上げます
さて　小生 自他の自由を求めて此度弁護士を開業することに相成りました　いまだ若輩ではありますが人々の生活から苦しみを少しでもなくし生活を豊かにするための努力を誠実に果したいと考えております
今後共御指導御鞭撻のほどお願いいいたします

昭和四十四年四月八日

高橋伸二

事務所　高崎市柳川町一二一
菅沼合同法律事務所
電話　高崎(二二)三三三七・六二〇八

昭和44年4月に開業した際の挨拶状

最初は、高崎市の柳川町にあった菅沼利雄弁護士の事務所で九カ月間居候弁護士として実務を学びました。

昭和四十六年四月、亡父の遺志を継ぎ県議選に出馬するため地元富岡市に個人法律事務所を移し、単身弁護士活動を始め、昭和四十七年春から高崎市八千代町の現在地に事務所を移しました。

この頃の弁護士先生たちの多くは、事務所に座って依頼人を待っていました。相談を聞いて依頼を引き受けると、相手方や裁判所に書類を提出して解決する手続に取り掛かりました。自ら積極的に動いて調査をしたり、相手方と交渉することは少なく、一般人にとっては敷居の高い存在でした。特に刑事事件の場合は、弁護を「引き受けてやるんだ」という態度で依頼者に向き合う弁護士が多かったのです。

そんな弁護士の現状に大いに疑問を感じた私は、例えば刑事事件の依頼を受けると、すぐに警察の留置場に接見に出掛け、被疑者から詳しく事情を聞き、事件現場を調べました。容疑や起訴内容に誤りがないか、情状酌量の余地はどこかなどを調査し、被害者に対する被害弁償や謝罪、示談を行いました。少しでも過剰な容疑が掛けられていたりすれば、異議申し立てをしました。

たとえ罪を犯した人間でも、法の下に公正な裁判を受ける権利がある。罪は罪として認めつつ、人間としての権利や尊厳は守らねばならない。それが人権を擁護する弁護士の務めだと考えていたからです。

　私のような動きをする弁護士は当時、ほとんど存在せず、ある県の弁護士会などでは、〝やくざ〟などの刑事事件は国選弁護士以外では引き受けないという取り決めがあったほどです。

　私は、やくざ者や重罪の被告人でも一般人であっても分け隔てなく一人の人間としては法の下に正しく裁かれる権利は守られねばならないと考え、昭和六十年に弁護士会の会長となるまで、やくざの刑事弁護も引き受けました。もちろん、刑事事件を担当することと反社会的存在のやくざや、やくざ組織を弁護することとは全く違います。すると、うわさがうわさを呼び、高橋先生に頼めば助けてもらえるとばかりに一人では裁き切れないほどの事件を抱えることになりました。仕事の多さから、夜中まで仕事をして家には寝るためだけに帰るような生活を余儀なくされました。

　それでも私は、法律や法律家が市民や人々の生活からかけ離れたものであってはならな

昭和46年に発行した
法政研究会パンフレットの表紙

い、「法律と政治を市民の手に」との考えから昭和四十年代、市内九カ所に「高橋法政研究会」の支部をつくり、弁護士登録後十年余りの間、市内外各地で法や政治の講演・座談・相談会活動を行いました。最近の東京都知事選挙で「都政を都民の手に」と都民ファーストを訴えた女性候補が当選、その後の都議選でも大きく躍進しましたが、今の都政をみても人々の政治意識は四十年前の当時からあまり改善されていないと残念に思います。

他方、私は、若者を育てようと幾つかの専門学校や大学などで憲法や法学の講座を引き受けて、合わせて二十五年間ほど大学講師を続けました。また、事務所近くに作ったボクシングジムのオーナーとなってこの四十年余り、若者の育成に努めています。

仕事の理念は「法の下の平等」

刑事弁護をしていてよく耳にすることの中に、なぜやくざ者や殺人、強盗、強姦など重罪犯人の弁護をするのか、という声が聞こえてきました。犯罪者ややくざ者の地位や組織を弁護するつもりは全くありませんが、犯罪者も一人の人間であることには違いがなく、この国に住む人間である限り、法は全ての人に平等・適正に執行されねばならない、という法の支配への私の理念は揺らぐことはありませんでした。

思い出に残っている事件がいくつかあります。その一つは、ある青年の強姦事件です。

二十歳になったばかりの青年は、ある夜、帰宅途中の未成年の女性を襲い桑畑で強姦してしまったのです。

青年の両親から弁護を依頼された私が接見に行くと、青年は青菜に塩といった様子でした。しょんぼりとうなだれながら、ぽつりぽつりと心情を語りました。

「どうしてあんなことをしてしまったのか、自分でも分からない。全く魔が差したとしか言いようがない。しかし、自分のしたことは人間として卑劣で恥ずかしい行為だ。自分はどんな罪にも服するつもりだが、一言被害者に謝りたい、いや、一生でも謝り続ける」

話を聞いた後、青年の両親に会いました。

「被害者の心と体の傷は金銭では癒やされないと思うが、せめておわびの賠償金を支払わせてもらいたい。それによって息子の罪を軽くしてくれなどとは決して言わない」

私は、青年の両親に被害者の両親に会ってもらい、青年の謝罪の気持ちと両親のおわびの話をしました。当初はけんもほろろに追い返されました。何度か訪ねるうちに、次第に被害者の両親の気持ちもほぐれてきました。被害者自身も、「青年のわびる気持ちが本物なら、納得して早く忘れてしまいたい」と、心を開いてくれるようになってくれました。

私は、だからといって量刑の軽減につなげようという意図を持たず、青年に謝罪の手紙を書くように言いました。

数日後、被害者の両親から呼び出され家を訪れました。そこには被害者本人も同席していました。

「青年のわびる気持ちに嘘はなさそうだ、賠償金も納得のいく額が示されている。青年を心から許すことはできないが、かといってまだ若い青年を刑務所に入れて苦しめるのも寝覚めが悪い。『寛大な処罰を望む』という嘆願書を裁判所に出しても良い」

思いがけぬ申し出に大変驚きました。

裁判で私は、青年の反省の心と、被害者家族の誠意を、それぞれの気持ちになって訴えました。加害者、被害者の双方から聞いた真心の言葉が私の弁論の大きな支えになっていました。まだまだ若い青年に重々反省を促し、社会人として更生させることが法の精神であると、裁判長に寛大な裁きを願いました。

内心、実刑は免れないかもしれないと思っていました。しかし、懲役三年執行猶予五年という予想外の判決で、青年は即日釈放されました。

この時も私は、あの幼い日に夏の暑い陽光に焼かれながら、畑で草をむしり苗の手入れを懸命に行い、秋に素晴らしい収穫を得た時の感動を思い出していました。何事も誠心誠意行えば、必ず良い結果が生まれるという教訓をしみじみと感じ、再度胸に刻んだのです。

青年の事件といえば、最近、こんな事件もありました。

長靴を万引きして逮捕された二十代後半の青年の国選弁護を引き受けた時のことです。留置場に接見に行くと、一見して真面目で丈夫そうな体つきの青年は悲しそうな表情で、万引きについて語り始めました。

聞けば、彼は子供の頃に親兄弟と生き別れて身寄りがなく、親戚の家や施設を転々として成長し、しばらく前に仕事も失って収入の道が閉ざされ、ついに半年ほど前から駅や橋の下で寝起きする路上生活者になってしまったということです。それでも懸命に仕事を探し、明日面接というところにまでこぎ着けたのですが、仕事に必要な長靴がない。長靴がなければ土木作業員に採用してもらえない。長靴を買う金は無論ない。困り果てて万引きをしてしまった、罪を犯してしまい悔やんでいます、と青年は語りました。

「働きたかったんです」

青年は私の目を見てしっかりとした口調で言いました。

私は、青年の経歴や話す態度・様子から、彼には一人前の人として生きる願望と働く意欲があることを感じました。私は、そうした若者の弁護を通り一遍のものに終わらせてはならないと考えました。通常の弁護なら、青年の不幸な生い立ちや苦しい生活を裁判官の前で訴え、情状酌量を求めるというものですが、私はすぐに、知人の土木請負業の社長に相談を持ちかけました。その内容は、「裁判にあたり、身元引受人になってくれるか。長靴の弁償示談金を一万円ほど貸してやってもらえるか。裁判後、住み込みで雇用してくれるか。青年の監督、更生に協力してもらえるか」というものでした。

社長は私の目に狂いはなかろうと、この相談を引き受け、さらに裁判の場で証人に立つことも引き受けてくれました。

裁判の結果は執行猶予が付き、青年は土木請負業の会社に住み込みで就職できたのです。

そして三年後、社長から青年について、こんな報告を受けました。

仕事は大変に熱心で、会社の中でも中心的な存在になりつつある。生活態度、言葉遣いも良く、本人は普通の生活が送れることを本心から感謝している。最近、母親や兄弟と連絡がつき、お互いに行き来し、本人も墓参りに出掛けた。良い青年を紹介してもらってありがたく思っている、という内容でした。私はほっとすると同時に、本当の意味で若者を守れた、人権を守れたと、感慨深いものがありました。

私が被告人の面倒をみたという点では、こんな事件もありました。

これも身寄りのない中年女性が、同居していた男性と温泉旅館で無銭宿泊し、心中未遂事件を起こして二人とも警察に突き出され、詐欺罪で逮捕、起訴された事件です。

国選弁護を引き受けた私が女性から話を聞くと、男性との交際の中で生きる希望を失い、自殺願望をもつようになったということでした。しかし、この女性の場合も、本当は定職に就いて一人前の社会人として生きていきたいという思いを抱いていました。「男性との交際はやめます。仕事に就いて真面目に働きます。できれば住み込みの職場で働いて更生したい」という気持ちの強いことが分かりました。

そこで、私の顧問先の大病院の専務に、身元引受人となってもらうこと、女性を住み込み従業員として雇用することと証人として出廷してもらうことを頼み、快く引き受けてもらいました。

彼女は執行猶予判決を受けたその日から病院の雑役として住み込みで働き始め、以来七年がたちました。

近頃、本人から礼状付きのお歳暮やお中元が送られてくるようになりました。専務や病院関係者に聞くと、人一倍熱心に働き、職場や患者たちの間でも人望があり、現在は資格取得に向けて勉強中ということでした。

つい最近の事件ですが、運転手をしていた中年男性が帰宅途中の若い女性を暗い農道で襲ってケガをさせ、強制わいせつ致傷罪という重罪で起訴され、裁判員裁判にかけられました。検事の求刑は懲役五年。被害者は相当額の損害賠償金を受け取ってくれましたが、示談することは拒否しました。判決は予想外の懲役三年執行猶予五年でした。しかし、出所した男性は親族が近隣を気にして同居を拒んだことから住み込みで働ける職場を探すことになり、ここでも私の顧問先の社長に相談して県内企業に住み込みという好条件で勤務できました。今では本人はもとより親族もよい職場に住み込み勤務できたと喜んでいます。

全ての被告人に同じことができるわけではありませんが、弁護士とはそうしたものだ、そこまでやらずして弁護士とはいえない、というのが私の偽らざる信条です。

もう一つ思い出深い事件を話したいと思います。

医者同士の離婚と子供の奪還事件です。夫は医療の世界では将来を嘱望されていた人物でしたが、それだけに女性関係などが絶えず、医師として別の病院で働いていた妻は夫を信頼することができなくなり、離婚を決意しました。すると夫は生後間もない子供を連れ出して隠し、裁判所の引き渡し命令にもがんとして従わない。母親の悲嘆は深く、子を思う母心を相談に来る度に切々と私に訴えます。養育権は裁判所が母親側に認めているのですから、穏便に子供を引き渡してもらう方法を私は考えました。

元妻にいろいろと話を聞いてみると、元夫は最近クリニックを開業し、そこに勤める看護師とは離婚以前から関係がうわさされている、クリニック開業後はそのビル内で同棲しているようだ、とのことでした。

私は、知り合いの探偵に依頼し、元夫の行状を調査しました。いかにベテランの探偵といえども、ビルの中まで透視することはできず、調査は難航を極めましたが、ついに不貞の事実や子供の居場所をつかみ、あらためて裁判所に子供の引き渡しの執行を求めました。しぶしぶ裁判所に現れた元夫は、裁判官からの厳粛な論旨を受け、ようやく裁判所で子供を母親に引き渡しました。

裁判所を出る母子の姿を見ながら、最終的に依頼人の願いがかなったという安堵《ど》感とは別に、結婚に破れた女性が子供を生き甲斐として第二の人生を踏み出していこうとする強い思いを感じ、私は、どうか幸せな人生を歩んでほしいという気持ちとともに二人を見送りました。

最年少の群馬弁護士会会長

私は昭和六十年、四十三歳で群馬弁護士会会長になりました。当時、保守王国の群馬県では革新政党に所属したり、それを支持する弁護士などに弁護士会長を渡してはならないなどと、顔役先輩弁護士たちから公然と言われていました。また、本庁裁判所所在地である前橋の弁護士が、高崎や他の地域の弁護士より格上で本庁所在地以外から弁護士会長は出さない、などというバカげた差別意識が長い間はびこっていました。事実、私が開業した昭和四十四年になって、私の恩師の管沼利雄弁護士が、高崎から初めて弁護士会会長に選出されたのです。

自由で平等な憲法の下で司法に携わる弁護士が、自らの弁護士会人事で思想差別や地域差別をしているようでは、弁護士は社会から取り残されてしまうと考え、会長になったことを機に有力先輩方の大反対を押し切って、臨時総会を開き、会則会規類を全て民主的な選挙制に改め、風通しの良い仕組みをつくりました。さらに、私の次年度弁護士会長にはあえて左翼系弁護士を当選させました。一部の反発はあったものの一気に弁護士会の民主化と自由化が進み風通しも良くなりました。

その後しばらくの間、年末近くになると、私の事務所の近くのレストランに弁護士たちが集まるようになりました。「風車会」と称して会食していましたが、弁護士会活動や次期弁護士会長の人事を話題に集まるようになり、自分でも気が付かないうちに、キングメーカーのように見られていました。しかし、そう思われることを続けるのは私の本意ではありませんので、弁護士会人事や会の運営などが公正に行われるようになったのを確かめてから、この風車会を解散するよう話しました。

平成６年、日本弁護士会副会長として、大阪弁護士会館であいさつをする筆者（中央）

ところが、私の知らないところで秋になると風車会が開かれ、次年度の会長人事が議論されていたので、事情を知らない会員は私がこれを主宰しているように誤解していることが分かりました。

私は、再度風車会の廃止を関係者に伝えた結果、その後風車会は開かれなくなりました。

それから二十年ほどたちますが、今でも弁護士会長になろうとする若者は、私の所にあいさつに来て、推薦人になることを求めます。

弁護士会長はじめ、会の役員人事は今でも一年交代です。最近でこそ選挙にならず後任が決定することが多くなりましたが、選挙になるとこれまで公の弁護士会務には見向きもしない会員が面白半分にしゃしゃり出てくるような現象が弁護士会にも見受けられます。

また、私は弁護士会活性化のためのいくつもの委員会を立ち上げて委員長にもなりましたが、軌道に乗ったのを見て数年で次の人にバトンを渡し、居座らないようにしてきました。

群馬弁護士会の会長をした際、裁判所の間借り事務所から自前の弁護士会館建設を計画し、県や市から多額の補助金を受けて、全会員の負担のもと平成四年に現在の群馬弁護士会館を建設できました。会長を辞めた後、総務委員長、綱紀委員長、群馬弁護士会館建設委員長、弁護士政治連盟群馬支部長、日弁連副会長、関弁連理事長などいわゆる要職をこなしてきました。今は弁護士の綱紀とか弁護士政治連盟のことのほかは日常会務から遠ざかって、その分若手弁護士の育成的活動や社会貢献活動を心掛けています。いつの時代も人は自分がかわいいもの、自分の仕事に直結するような会務や委員会にいつまでもしがみついている人も少なくありません。それでも会務に熱心な人は、自分の仕事にだけ執着している人よりはるかに貴重な存在ですので、早く交代すればいいというものではなく、人事は適材適所が基本です。

高橋三兄弟法律事務所

私の事務所で二人の弟が弁護士として働き出すと、三人兄弟が弁護士とは全国でも珍しいと話題になりました。当時はやっていた「団子三兄弟」の影響もあったのかもしれません。「高橋三兄弟法律事務所」のネーミングは、当時の裁判所の支部長裁判官が、事件の手控えに「高橋三兄弟」と書いていることを聞かされ、そこから拝借したものです。

「高橋三兄弟法律事務所」には、三兄弟というネーミングの親しみやすさなどから、たくさんの仕事が舞い込みました。

その中の幾つかは忘れられないものです。筆頭に上げられるのは、名うての大物不動産業者といわれた人物の巨額詐欺事件です。

社長は裏では金でやくざ者を動かす実力者といわれ、恐れられていました。警察に相談でもしようものなら、やくざや右翼のような男たちを使って押し掛け、脅したり嫌がらせをしたりしていました。

その被害者たちから問題解決の依頼を受けたのです。

私は入念に調査をして、詐欺だという確証を得た後、単身で会社に乗り込みました。

壮観デス〃弁護士三兄弟

富岡市郊外の農家出身の高橋勝男さん([illegible])が、六十倍の難関といわれた今年の司法試験に見事パスした。勝男さんの兄、高橋伸二さん([illegible])＝富岡市七日市＝と弟の勉さん([illegible])＝同＝も、高崎市八千代町で弁護士事務所を構え、弁護士活動を行っている。勝男さんは来年四月から司法研修所に二年間通ったあと、高崎市で弁護士を志すと話しており、兄弟三人がそろって法曹界で活躍するのも間近い。兄弟二人の弁護士の例はよくあるが三兄弟そろって弁護士というのは珍しく、県弁護士会でも「会が発足して以来初めて」と高橋さん兄弟の活躍に期待している。

右から伸二さん、勝男さん、勉さんの高橋さん兄弟

富岡出身の高橋さん一家

三男・勝男さんもパス

高橋さん兄弟は富岡市岩染の農家の出身で、八人兄弟の中で育った。二男の伸二さんと三男の勝男さんは自宅で農業をしながら同市内にある甘楽農高を卒業。しばらく農業をしていたが、まず伸二さんが「一念発起して」二十歳の時に川崎市の製鉄所へ勤務。そこで組合運動にたずさわり、「法律の勉強の必要を痛感」し、同じ年に中央大学第二法律学部（夜間）に入学、卒業と同時に司法試験に挑戦。普通六、七回受けなければ合格しないといわれる司法試験に一回でパスした。二年間司法修習生として司法研修所で学んだあと、ふるさとへ帰り、高崎市で法律事務所を開設した。

この兄の影響を受けて、農業を手伝っていた勝男さんが四十一年に、また富岡高を中退して川崎市内に勤めていた五男の勉さんも高校卒業検定を受けて、四十五年にそれぞれ中央大へ。卒業後、勉さんは兄の勝男さんより一足先に五十一年に司法試験に合格、現在伸二さんの事務所で働いている。

ねばりの挑戦九回

勝男さんはそのまま東京に残り司法試験に挑戦し続け、今年九回目で見事に難関を突破した。司法研修所を出たあとは伸二さんの事務所で三兄弟そろって弁護士活動をすることになっている。

また、同事務所には四男の[illegible]さんが事務長として勤めており、勝男さんが加われば全国でも例がないといわれる四人兄弟の法律事務所となる。

全国でも珍しい兄弟３人の弁護士が誕生
＝昭和53年10月10日付毎日新聞

私は、弁護士開業直後に高崎ボクシングジムを森田健さんから引き継いでいました。やくざ者たちの間では、弁護士で元プロボクサー、高崎ボクシングジムのオーナー、そして高崎の体育館で数年間プロボクシング試合の興行をしていた人物として知られていました。まだまだ若かった私には「強い男」のにおいがしたのでしょう。会社事務所内にいたやくざ風の者たちは恐る恐る私に接してきました。

「私は○○の代理人弁護士です。社長が○○にした所業は明白な詐欺行為です、私の依頼人にお金を返すなら、被害者や警察にもある程度の理解は得られるだろう。早急に被害金額を返還してください」

私は、社長を自称する親分風の者に向かって話し掛けました。本当の大物なら私の話に乗ってくると少し期待していたのですが、声を荒げて「何を証拠にそんなことを言っているんだ」と息巻くありさまで、物分かりの悪い小心者であることがわかったので、「それじゃあ法律で勝負するしかないですね」と引き上げてきました。

ところがその翌朝、三兄弟法律事務所の前に街宣車が横付けされ、大音量で『悪徳弁護士』などと私の悪口をまくし立て、戦闘服を着た男二人が事務所に飛び込んできました。事務所に居合わせたお客様も驚いていました。私はリーダーとおぼしき男の前に立って言い放ちました。

「君たちの行動は業務妨害、住居侵入罪などの現行犯になる。今、警察に通報してパトカーの出動を要請した。君も考えあって来ているのだろうから、そこで待っていなさい」

少しも彼らを恐れない私の様子や警察、パトカーという言葉を聞いた途端、彼らは街宣車とともにたちまち走り去ってしまいました。私は拍子抜けしてしまいましたが、主犯の男たちは逮捕され、刑事裁判にかけられました。強制捜査が行われるや、他の弁護士を介して億単位の被害額全額を持参して、示談を求めてきましたので、満額被害金を取り戻すことができました。若い頃の私の武勇伝の一つです。この話は県内でも有名になり、私の仕事も一層忙しくなったのを覚えています。後の話ですが、刑事被告人となった主犯の人物は知り合いの医師を介して私に会食を申し入れてきたのです。市内の料理店で三人で会食しましたが、減刑の相談を受けましたのでそれなりのアドバイスをしてあげました。「あのとき先生の話を聞いていればよかった」と反省の弁を語っていた彼の姿が印象に残っています。その後、彼は東京に出て不動産業で成功しましたが、若くして病死しました。

オウム退去へ　県内初の弁護団

私が群馬弁護士会の会長に就任した昭和六十年、豊田商事事件が起きました。県内にも多くの被害者が発生し、個々の弁護士に相談が相次ぎました。私は、このような社会的事件に弁護士会が被害者全員の救済を対象とする弁護団をつくり、個人の利害を離れた活動を行って社会に貢献しなければならないと考えました。

豊田商事被害で弁護士会

対策弁護団を結成

27日前橋で説明会

債権を一括して提出へ

金地金の現物取引を装った詐欺商法が批判を浴び、破産した豊田商事（本社・大阪市）の被害者救済のために、群馬弁護士会（高橋伸二会長）が県消費生活センター内に開設した相談センターに、二十日までに、五百六十件を超える相談が寄せられ、被害金額は二十八億九千万円にのぼっている。こうした事態に、同弁護士会は、豊田商事被害対策群馬弁護団（団長・内田欣治弁護士、三十人）を結成、県内被害者の破産債権届け出業務を受け付け、一括して大阪地裁に提出することなどを決めた。二十七日午前十時からは、前橋市大手町二丁目の群馬会館大ホールで、第一回の被害者説明会を開催する。

豊田商事被害者救済の方法について記者会見する高橋伸二群馬弁護士会長（右から２人目）、内田欣治弁護団長ら　＝県庁で

被害は28億9000万円

群馬弁護士会の豊田商事被害者相談センターによると、先月二十五日から今月十五日までの間の十八日間、前橋市の県消費生活センターと桐生市内で、毎日平均十人の弁護士が、被害者と面談方式で法律相談に応じた。この間に受け付けた五百五十三件の相談のうち、半数以上の三百十三件が女性からのもの、六割以上の三百五十三件が六十代以上の高齢者だった。

また、一人あたりの平均被害額は約五百二十二万円。最高被害額は、前橋市内の無職の男性（七〇）で、七千八百万円をつぎ込

ぎ」分約二十万円で、中には活保護を受けていながら、たセールスマンから「現金めていると保護を打ち切る」などと脅され、「子ど進学資金のために」と投した人もいた。

相談申し込みは二十日現在続いており、同センターでは八月から毎週土曜日の午前を、定期相談日に設定した。し込みの電話は〇二七二―二―四九六一。

豊田商事被害債権届け出のめ切り日はとし八月末日とれているが、同弁護団は、

豊田商事事件の被害者救済を目的として、県内で初めて結成した弁護団を報道する新聞
＝昭和60年７月21日付朝日新聞

当時まだ弁護士会が団体として関与できるのか、個々の弁護

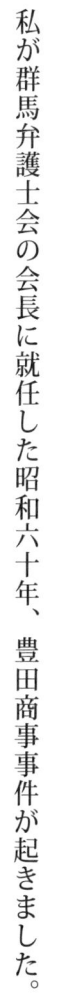

士に任せるべきではないかなど若干の議論がありましたが、それ以降は大勢の被害者を生み出す詐欺事件については弁護士会が団体として被害者救済に当たることが当たり前になりました。

早速、若手の弁護士を中心とした弁護団を結成し、県内の被害者の相談を一手に引き受けました。警察とも連携を図りながら、被害者の精神的、経済的負担を極力軽減した弁護活動を行いました。

会が弁護団を結成したのは長い群馬弁護士会の歴史の中で、初めてのことでした。

こうした中で、私は平成六年に日本弁護士連合会の副会長に選出されました。

事件は事件を呼ぶとでもいうのでしょうか。オウム真理教によって、平成元年には坂本弁護士一家殺人事件が、平成六年には、松本サリン事件が起き、さらに平成七年には国民を震《しん》撼《かん》させた凶悪な地下鉄サリン事件が起きます。

その後、山梨県上九一色村のオウムの施設サティアンに捜査が及び、一連の誘拐、監禁、殺人事件等が明るみに出て、次々と犯人たちが逮捕され、麻原彰晃こと松本智津夫も逮捕されたのですが、一連のオウム事件はこれで解決とはいかず、思わぬ方向に飛び火していたのです。

オウム真理教は実質的に解体されましたが、行き場を失った信者たちは、全国に散らばって活動拠点をつくろうとしたのです。藤岡市もその問題に巻き込まれました。

平成十一年八月中旬、藤岡市下栗須の印刷工場跡地と、藤岡市宮本町地区にある印刷会社の元社長宅にオウムの幹部信者が転入してきました。一時は百人以上の信者が集まる全国最大規模の拠点となっていたのです。

住民は恐怖におののき、ボランティアの住民が監視活動を続けていました。そんなある日、藤岡市長が私を訪ね、「何とかオウム真理教を藤岡から退去させてほしい」との申し出がありました。私は群馬弁護士会の有志を募ってこの問題に取り組むことを決意し、五十人のオウム対策弁護団を結成して、実情の調査と立ち退きの法的手続きを開始し、かつ教団側との交渉に入りました。

しかし、弁護士会のメンバーの中には、それまでの教団の凶悪なテロ犯罪行為に恐れをなし、関わりたくないと言い出す人も出てきました。

結局、前面に立つのは私でした。この時も私は、絶対に逃げない精神を堅持し、この教団代表者らと交渉しました。

「弁護士なら信教の自由を認めろ！　憲法で移動の自由、居住の自由は保証されているじゃないか」

教団の信者たちは法律を持ち出して抵抗しました。

170日間の闘争 終止符

オウム全面撤退

藤岡から出ていっただけ

「問題の解決まだ

オウム対策弁護団団長として、オウム事務所前でテレビのインタビューに答える（上）＝群馬テレビ＝と、オウム全面撤退を伝える新聞＝平成12年２月１日付読売新聞

私の立場は明確でした。

「信徒個人の問題ではない。教団が反社会的殺人教団である以上、集団で同じ宗教活動を行うことは許されない、公共の福

祉に反する」というものでした。

私は裁判所に教団の立ち退き命令を求めました。それが速やかに認められて法律的に彼らを退去させることができたのです。

しかし、裁判所からの命令が出るまでの四カ月間は、事務所や自宅の周りに怪しい人影が出没しました。テレビや新聞の記者たちも新しい情報を取ろうと、早朝、夜間、私の自宅に張り付いて動きを見ていました。裁判所の退去命令が出た後は、オウムの責任者が訪ねて来るようになりました。弁護団の告発により逮捕者が出た頃から自宅の出入口に警ら箱が取り付けられ、十八年たった今も警察官が訪れています。身の危険があるとして、警察のパトロールが常に行われる緊張した状態が続きました。弁護士会のメンバーの中には「さすが高橋先生は元ボクサーだけあって勇気がある」などと言う人もいました。

私は何も言わずに笑っていましたが、心の中では「弁護士とはそうしたものだ。法によって人々の人権を守るには身をていして行わなければならないこともある」という思いをかみしめていました。

その後、平成十六年には、私は関東弁護士連合会理事長の要職に就きました。一都十県、日本の弁護士の三分の二を擁する団体です。その一年間は、事務所はイソ弁や兄弟に任せて、ほぼ毎日東京に通って理事長職を全うしました。私は六十三歳になっていました。

その年の十月、九州弁連の行事に出張中、関弁連管内の新潟中越地震のニュースを聞きました。その場で新潟県弁護士会長の足立定夫弁護士に電話し、これから福岡から新潟空港に向かうが、現地各自治体訪問の案内をお願いしたい旨を伝え、同時に日弁連の梶谷剛会長にも新潟訪問を伝えて、関弁連、日弁連両会長の被災地視察が実現し、救援の申し出は大きくマスコミにも伝えられ、間を置かず被災地の無料法律相談事業が実施され、長岡市に公設法律相談所が開設されました。

豊田商事事件、オウム真理教事件など大きな問題が一段落した翌平成十七年関弁連理事長を終えた頃から、私は中高生を対象にした「法教育」の推進に取り組み始めました。各地域の若手弁護士を中心に模擬裁判の教材、テキストを作り、中高生たちに実際の裁判所で模擬裁判を体験させ、各種社会問題を公正に評価できる力や法律についての理解を深めようとする試みです。

裁判官、検事、弁護士、被告、証人などの役割を決め、弁護士が作成したシナリオに基づいて模擬裁判を進めています。

模擬裁判は裁判所法廷を借りて本物の裁判のように進行させました。例えば、窃盗事件の被告の罪を検察官役が読み上げ、裁判官役がその認否を問い、弁護士役が弁護するという具合です。

この体験の中で、中高生たちは窃盗事件といっても、犯行に至る背景にはさまざまな状況や要因があり、その罪を裁く際には、多角的な視点が必要だということを実感してくれているようです。

これこそが私たちの狙いです。つまり、一つの社会的事象に接した時に、正しい答えを導き出すには何をどう考えたら良いか、公平・平等・自由などの法的原則に照らして法律的思考を通じて中高生の考える力を養うのです。答えは一つではなく、幾つもありうることを知り、その中から一番良い答えを見つけてゆくのです。これも弁護士の社会的役割の一つと私は考えています。私の事務所に所属する若手弁護士は皆、弁護士会の法教育委員会に所属し、今でも県内各地の中学・高校に出向いて出前授業をしています。

インタビュー

賞讃される数々の活動

角田　義一さん（弁護士・元参議院副議長）

弁護士としては私の方が三年先輩です。しかし、伸二先生と親しく交際するようになったのは、私が平成元年に参議院に日本社会党から立候補し、当選してからです。

参議院では法務委員会に属し、平成六年には、法務政務次官を務めるようになりましたが、その頃伸二先生は、日弁連で重責を負う立場にあり、立法府と弁護士会との窓口として、さまざまな法案を高度な専門的見地から検討する仕事をなさっておられました。私たちは非常に頻繁に会談を持ち、新しい法律について意見を交わしたものです。

やがて、私は参議院の副議長になりましたが、伸二先生も日弁連の副会長の後、関東弁護士会連合会の理事長など、法曹界の重鎮になられました。私たちはしばしば国会内でお会いし、さまざまな法案に関して、法理論的かつ現実的な議論をしたものです。

仲二先生には、しばしばお会いしましたが、なぜか馬が合いました。仲二先生の御父君辰二先生は、生涯を農民運動に捧げた偉大な詩人でしたし、私の父儀平次も弁護士としてまた革新的な思想の持ち主として、救民運動に身を投じた人でした。生まれた背景が似ていたせいでしょうか、いつの間にか得難い友となっていました。

参議院時代、私が仕事でパリに行くことになり、それを知った仲二先生は、パリのユネスコ本部の松浦晃一郎事務局長をぜひ訪ね、富岡製糸場世界遺産登録実現への理解と協力をお願いしてみてくれと、私に依頼しました。私も仲二先生が、富岡製糸場を愛する会のリーダーとして、製糸場の世界遺産登録に精力を注いでいることを知っていましたから、一肌脱ぐつもりでその要請を引き受けました。

弁護士としての仲二先生の業績の中で、特筆すべきは、平成十一年の群馬県藤岡市からオウム真理教を退去させたことです。オウム真理教は、殺人集団としての側面を隠し持っていたのですから、仲二先生も身の危険を感じておられたはずです。まさに、命懸けの仕事です。聞けば、警察が先生の身辺を心配して常に警備を怠らなかったそうです。それほど危険な仕事で、伸二先生でなければ引き受け手がなかったと思います。伸二先生の勇気と弁護士の社会的役割を果たそうとする意思とは賞讃に値すると思います。

偉いと思うのは、若手弁護士を育成していること。弁護士業界では、大きな弁護士事務所に面倒を見てもらっている弁護士をイソ弁、つまり居候弁護士と言い、面倒を見ている弁護士をボス弁と言ったりしますが、伸二先生は、群馬県のボス弁の筆頭といえます。これとて、常人のできることではありません。

もう一つ、感心するのはゴルフがうまいこと。ゴルフは、弁護士会のコンペで大概同じ組で回らせてもらい、随分と教えてもらいました。私がある年の弁護士会のコンペで優勝した時も一緒に回り、伸二先生に丁寧に指導してもらいました。その時のトロフィーは今でも事務所の棚の最前列に飾ってあります。伸二先生主催の毎年のゴルフコンペが楽しみで必ず参加させてもらっています。

伸二先生は七十四のエイジシュートを達成したそうですが、私だってまだまだ週一でコースに出てエイジシュートを狙っているんです。

ともかく、私にとって伸二先生は、得難い友であり、尊敬できる人間です。富岡製糸場の世界遺産登録に私財を投じて貢献したのですから、それだけでも尊敬に値します。

伸二先生から、富岡製糸場の価値と歴史の中での位置付けなどについて話を聞くと、非常に勉強になり、伸二先生の話を聞いて得したような気分になります。

古希に花添える旭日中綬章

父母や祖先への感謝の気持ちを抱き、旭日中綬章祝賀会であいさつ＝高崎ビューホテル

平成二十三年、七十歳になった私に旭日中綬章が授与されました。この叙勲は民間人ではまれなことだといわれ、多くの先輩や友人が盛大な祝賀会を開催してくれました。モーニングを着て、勲章を下げ、壇上に座って人々のお祝いの言葉を聞いていた私は、とても面はゆい思いでした。

私は、「人生の節目節目で精いっぱい自分の目標に向かっていっただけだ。弁護士になってからは法の下の平等と自由とを理念に活動してきただけだ、決して自分の栄達を望んだわけではない」という思いを心の中でかみしめていました。同時に、私の活動が少しでも社会的な評価を得られたのなら、この喜ばしさを私に命を与えてくれた父母や祖先に感謝しつつ共に分かち合おうと思いました。

叙勲祝賀会に出席された山本一太内閣府特命担当大臣（当時）が、「高橋伸二の精神にはボクシング魂がある」と、同じく元参議院副議長の角田義一弁護士は「高橋伸二の基盤には農民詩人の父辰二氏の血が流れている」と、高山昇元副知事は「高橋伸二さんと会うと安心する。誰もが頼りにする人」と評してくださいました。そうしたお言葉をお聞きしていて、味方千人敵千人の弁護士家業の中、私も多少は人から頼られる欅になれたのかなと、若干うれしく思う半面、身の引き締まる気持ちになりました。

第5章

富岡製糸場とともに

有志数人で「愛する会」設立

私は自分の体験を通して、人を育てることの大切さを若い頃から感じていました。弁護士となって帰郷した後、仕事の傍ら法律専門学校をはじめ上武大学や創造学園大学などで講師を務め、若者たちに向けて、何事も誠心誠意努力すれば必ず良い結果がついてくるから頑張りなさいと、エールを送りました。若者に対しては勉学ばかりでなく、健全育成も兼ねて事務所近くにプロボクシングジムを開設して既に四十年になります。また、弁護士開業当初から地元富岡市内に法律政治研究会をつくり人々に法の啓発活動を行ってきましたが、この十数年は常時十人ほどの若手弁護士を採用して、その育成や独立支援の世話をしています。

そうしたボランティア活動の中でも特筆すべきものは、NPO法人「富岡製糸場を愛する会」の責任者として、富岡製糸場の愛護と世界遺産登録活動を継続してきたことです。

昭和六十三年、富岡製糸場の工場閉鎖の翌年、地元の文化人ら西毛文学の詩人斎田朋雄氏、甘楽町新聞社松井義雄氏、元甘楽町長田村利良氏、親戚高橋一郎氏、同級生で元富岡市長の

今井清二郎氏など、ごく少人数のお金に欲もなく、お金に恵まれることもないが、先見性をもった詩人や賢者ら文化人たちが、郷土の貴重な歴史的文化遺産である富岡製糸場をこのまま放置できないとして、勉強会をスタートさせました。これが富岡製糸場を愛する会の前身となるわけですが、世界遺産になる二十七年も前のことです。

　その前年の昭和六十二年、亡父高橋辰二の没後二十周年記念事業として地元文化人らによる高橋

「世界遺産への道のり」をテーマに500人以上の市民が結集した「市民大集会」の会場前で、愛する会の幹部たちと＝平成15年11月29日

高橋辰二文学顕彰会により編さんされた遺作集

辰二文学顕彰会が設立され、遺作集の発行と詩碑の建立が行われました。この文学顕彰会には西毛文学の斎田朋雄氏が委員長となり小寺弘之知事や各市長らも顧問として参加してくださいました。この顕彰会を進める中で昭和六十年代前半、斎田朋雄委員長を中心に、亡父と私の知友らによって富岡製糸場の勉強会が始まったのです。

インタビュー

人生を変えた先生との出会い

黛　一夫さん（愛する会会員部会長・元群馬県信用組合常務理事）

私が高橋先生と出会ったのは、昭和四十六年か四十七年頃のことです。当時、私は西群馬信用組合に勤めていましたが、高橋先生がその金融機関の顧問弁護士に就任なさったのです。

銀行で時々お目に掛かり、お話をする機会もあったのですが、昭和六十年代後半、先生から入会しないかと誘われました。正直言って、銀行員と顧問弁護士の間ですから、嫌とは言えないと思いましたが、その時ふと、この活動を通じて地域に貢献できるかもしれないと感じたのです。

以来、高橋先生にリードされて今日まで愛する会の活動を続けてきました。

その中で忘れられない出来事が二つあります。一つは、平成十五年に小寺知事が富岡製糸場世界遺産登録を目指すと宣言した当時の、愛する会の盛り上がりとその後の市民大集会の成功です。その頃から私は、製糸場は必ず世界遺産登録されると信じてきました。

もう一つは、愛する会が製糸場の清掃活動を始めた平成十八年頃の製糸場の荒廃した姿です。片倉製糸さんは、年間一億円もかけて、建物そのものはきちんと管理してくださっていましたが、周辺は草ぼうぼうの状態でした。繰糸場の隣の建屋の中に木が生えていたり、篠竹が生えていたんです。それを、先生をはじめ、会員ですっかりきれいにしたんです。西置繭所前の広場は、雑草がびっしり。会員たちは懸命に草むしりをしました。高橋先生の草むしりの上手なことは会員の間で今でも語られています。

世界遺産登録を目指して、富岡製糸場を清掃奉仕する会員

ブリューナ館の裏はごみ捨て場になっていて、穴が掘られていたんです。そこを

掃除して砂利を入れて整地したのは愛する会でした。砂利を入れるといってもお金が掛かります。実はその大部分を高橋先生個人が出してくださったんです。

先生は御父君辰二先生が地域へ献身する姿を見て育ち、心の中に地域のために奉仕する精神が流れています。私の中にも地域貢献の意識が強く存在し、富岡製糸場を世界の宝として高めていくことで、地域が発展すると考えていますし、それを実現するのは、愛する会しかない、と思っています。

富岡を素晴らしい町にしてゆくことは、私の夢です。その夢を追わせてくれるのが、高橋先生であり、愛する会です。

ずいぶん昔に一介の銀行員として、顧問弁護士の高橋先生と出会ったことで、私の人生はとても楽しく面白く充実したものになりました。

世界遺産へ市民大集会

平成十三年、これまでの文化人仲間の勉強会から一歩進め、富岡製糸場の公的所有への移行や文化財指定など永久保存対策をした上で、これを生かした地域活性化を図るため、名称を「富岡製糸場を愛する会」として会則を定めました。富岡製糸場の愛護活動とともに政治的活動をも行うこととして私が会長に推挙されました。平成十三年から十五年は富岡製糸場の価値を伝えるための講演会を富岡甘楽地域で開催しました。

講師は田村貞夫さんや斎田朋雄さんなどでした。

平成十五年八月、小寺群馬県知事が富岡製糸場の世界遺産登録プロジェクトの開始を記者発表しました。しかし、知事発表の後も県や市の行政的取り組みは見られませんでした。県や市の議会の皆さんの多くは「使い古した工場の世界遺産登録など無理」と否定的な反応に終始していたのです。この世界遺産プロジェクトの動きを加速させるためには民間が動きマスコミに訴え世論を動かすしかないと考え、私は同年九月、愛する会の会則に「世界遺産登録」を加えて組織的活動を展開しました。

世界遺産登録運動や愛する会の組織運営にとって大きな分水嶺となったのは同年十一月二十九日、愛する会が主催した市民大集会です。

私たちは小寺県知事の世界遺産プロジェクト発表を受け、これを推進するため平成十五年十一月二十九日、富岡市内のホテルで「世界遺産への道のり」のタイトルで、参加者五百人を超える市民大集会を開催しました。

この市民集会は愛する会の有志十数人で各方面に働き掛け、市内各界各団体の代表の方々をはじめ、市や県の担当部課長を含む多数の市民に参加いただきました。当時、近代化遺産研究の第一人者で国立科学博物館の清水慶一先生から、西欧における近代産業遺産の世界遺産登録事情とともに富岡製糸場の可能性を、講演とパネルディスカッションによって解説していただきました。そのことによって、富岡製糸場の世界遺産登録ということが、参加した人々のなかに実現可能なものとして受け止められ一気に浸透していったのでした。

集会後の打ち上げ会の席上、県の担当部長らが「地元がこれだけ盛り上がれば県も動き出せます」と喜んでいたことを昨日のことのように覚えています。さっそくこの集会直後の

世界遺産登録推進の起爆剤となった市民大集会の受け付けで

十二月十六日から県・市の担当部課長らが片倉工業本社に出向いて世界遺産の勉強会が始まりました。

平成十六年一月二十八日、愛する会のミニ学習会で県や市の行政取り組みの推進を協議して、同年四月には県が世界遺産推進室を設置しました（富岡市は更に遅れて平成十七年四月に世界遺産課を設置）。長い間、三ない原則のもと門戸を閉ざしていた片倉工業は平成十六年五月十四日、こうした住民と県や市の動きに呼応して富岡市役所を訪れ、富岡製糸場の重要文化財指定に同意し、これを富岡市に寄贈・譲渡することを承諾しました。こうして世界遺産登録へのレールは敷かれることになったのです。

平成十五年十一月当時、市民大集会の直前の打ち合わせ会、直後の打ち上げ会に参加した人は愛する会の有志十四人だけでした。市民大集会後、会員増強を図り会の事務局は友人の信用金庫理事長のご配慮により同金庫に無償でお引き受けいただきました。今では会員数約千四百人、八部会・三委員会で幅広い活動を行っています。「絹の部会」という女性部会も設け「絹ごよみ」というショップを開店し、活動はさらに活性化しています。会運営の基本は自主財源（会費と寄付金）でまかなっているので、自由な発想と活動ができます。また、狭い地域で幅広く活動するには時の首長や議員の選挙には完全中立を通しています。そして、会議、講演会、コンサートなどその場限りのイベントはもとよりですが清掃、出張講演、解説パンフレットや絵手紙かるたの製作、観桜会、工女祭りなど地道な啓発活動の継続に重点を置いてきました。

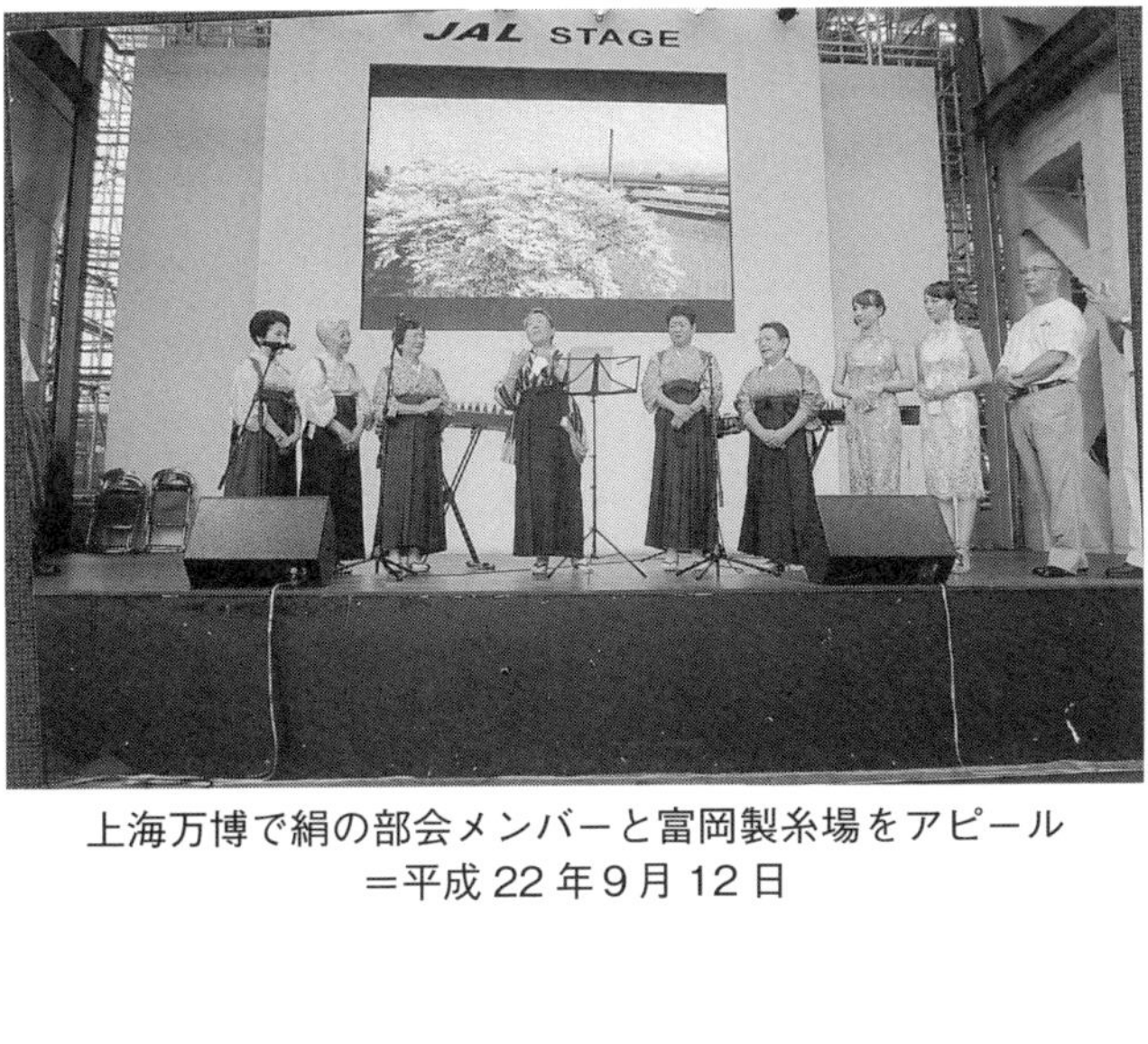

上海万博で絹の部会メンバーと富岡製糸場をアピール
＝平成22年9月12日

約1年をかけて制作した「富岡製糸場　絵手紙かるた」

絵手紙かるた

この頃、富岡市内の料理屋で忘年会を開いたのですが、その折、市内絵手紙グループの同店のおかみから製糸場をテーマに描いた各種の絵手紙四十四枚を見せられました。工女のものが多かったように記憶しています。それを見て「この美しい手作りの絵手紙を使ってかるたを作れば、富岡製糸場の価値を子供たちや多くの人に伝えることができる」と直感し、この原画を頂戴してさっそく教育啓発部会を中心に「富岡製糸場　絵手紙かるた」を作ることになったのです。

まず、読み札四十四枚を考え、それに合わせて同じ数の絵札を描くことにしました。読み札を考える作業は大変でした。尾高惇忠、渋沢栄一、ポール・ブリュナなどの重要な登場人物や、必要な事柄を「あ」から「わ」までの四十四文字から始まる言葉で表現するのですから、議論は毎回、夜遅くまで及びました。あ＝『赤れんが　日本の夜明け　あざやかに』。し＝『渋沢栄一　富岡製糸の　生みの親』。と＝『富岡の　誇りと宝　製糸場』。こうした読み札の裏面には全て解説を付けました。一連の作業に参加し監修していただいた今井幹夫先生には心から感謝しています。

絵札は絵手紙グループの婦人の皆さんが頑張ってくれました。「世界遺産を描くのだから」と、構図や色使いなど非常に気を使いました。人によっては二十回も描き直しをした人もいました。

平成二十五年十二月、完成したかるたは県内の各自治体、教育委員会、小・中・高校に無償で配布いたしました。現在は英語版を製作中です。完成したら、かるたを通して富岡製糸場を世界へ発信していきます。

インタビュー

「いいんじゃない」に励まされ

上原　孝子さん（愛する会絹の部会部会長・元小学校校長）

私は、昭和四十年に群馬大学を卒業して以来、ずっと小学校で美術の教師をしてきました。平成十六年に富岡市立福島小学校の校長を最後に退職しました。退職後平成十七年から五年半、富岡市社会教育館の館長をしていました。館長になってすぐ、富岡製糸場を愛する会の黛一夫さんから、愛する会の活動に参加しないかと誘われたんです。黛さんとは、私が一之宮小学校時代に黛さんの娘さんを担任したので、以前から存じ上げていました。黛さんは、富岡製糸場を愛する会に女性の部会をつくるから協力してくれとおっしゃいました。

富岡製糸場と聞いて私は、すぐ私に向いているかも、と感じました。なぜかというと、私は小学生の頃から絹に強くひかれていたからです。

私が十二歳の時に、祖母がたった五グラムの蚕種から私の振り袖を作ってくれました。それ以来、絹は私の生活になくてはならないものになっていました。

社会教育館で「目からウロコの着物リメーク講座」を開き、リメークした着物でファッションショーをしたり、私の生き方の指針の一つが「絹つながり」でした。ですから、富岡製糸場を愛する会の婦人部会には喜んで参加させていただきました。婦人部会長として、高橋先生に活動についての相談をすると、大概は「そのアイデアはいいですねえ」とか「それ、いいですねえ」と賛成してくださり、ほとんど反対されたことはありません。私もうれしくなり、やる気も出て、製糸場の観桜会のあと着物ショーを実現したり、東置繭所で「フランスつながり」という視点から、シャンソンコンサートを開催してきました。原れい子さん、長谷川きよしさん、加藤登紀子さん、中野新太郎さんらのシャンソン歌手が出演してくれました。

平成二十六年の製糸場世界遺産登録後は工女祭を主催し、コンサートを併催しています。

観桜会、シャンソンコンサートは平成二十七年時点で各八回目ですが、常日頃高橋先生とお会いして感じるのは、先生は女性には優しくおうようで、厳しい言葉はおっしゃいません。

「いいんじゃない」というのが、先生の口癖です。私は、どうして駄目と言わないのだろう、と考えたことがありました。

その答えは、先生は製糸場を愛している人ならどんな人でも拒まない、人にやる気を起こさせ、地域貢献に向かわせる、自由に楽しんでおやりなさい、そして皆で富岡を盛り上げていこう、と黙って優しい態度で示しているのだ、ということです。

富岡製糸場工女まつりのオープニングであいさつする筆者＝平成28年11月12日、上州富岡駅前

観桜会で映画「紅い襷」の主演女優らと記念撮影＝平成29年4月8日、富岡製糸場

THE JOMO SHINBUN

上毛新聞

世界遺産登録を

「近代産業の原点」

県、研究プロジェクト発足へ

旧官営富岡製糸場

マイナーだが重要分野

世界遺産登録へ本腰をあげた県の動きを大きく伝える新聞
＝平成15年８月26日付上毛新聞

時機良かった県の取り組み

片倉工業は昭和六十二年の工場閉鎖以降、平成十七年までの十八年間、富岡製糸場を「売らない・貸さない・壊さない」の三原則の下、多額の維持費（年約一億円）を負担して管理されてきました。

その間、群馬県が平成四年に富岡製糸場を核としたシルクスクエア（シルクカントリー群馬）構想を打ち出したとき、片倉工業は前記三原則をたてに富岡製糸場の提供を断り同構想は中止されました。県はやむなく平成十一年になって高崎市（旧群馬町）に「日本絹の里」を開設しました。

もし、当時、県のシルクスクエア計画が実り（片倉工業が受諾して）富岡製糸場が「絹の里」のような県有施設となっていれば、「古い工場の世界遺産登録」は、富岡製糸場だけでなく当分の間、日本に実現しなかったかもしれません。

平成十六年五月、富岡市役所で片倉工業が世界遺産登録のための重要文化財指定を受諾した際、同社の責任者は毎年多額の維持管理費（損失）を生み出す富岡製糸場をこれ以上持ち続けることは会社として限界がある旨話されました。

もしこのとき小寺県知事の世界遺産登録手続開始の決断がなければ、多額の維持費を要する富岡製糸場は企業論理に従って他に処分された可能性があります。平成十五年における県知事の富岡製糸場の世界遺産登録への取り組み宣言は、まさにグッドタイミングでした。

富岡製糸場世界遺産登録祝賀大会
＝平成 26 年６月 21 日、富岡製糸場

富岡製糸場世界遺産登録祝賀パレード
＝平成 26 年６月 21 日、富岡市内

活動が実り世界遺産に

黙っていては誰も何もやってくれません。世の中を動かし何事か新しいことを実現するには民が立ち上がり、民の知恵と努力でしっかりした計画をつくり、民を動員してマスコミなどに訴え世論をつくり、政治家や首長ら官の理解を得て国や県の行政を動かすしかないと痛感しています。

国民主権の憲法と国家の下、国民が主権者であり官は国民の僕《しもべ》であるとの「主権者意識」を全ての国民がもつようになり、「国民主権の立憲国家」の大切さを戦後七十年をへて、つくづく思うとともに今、弁護士たちが進めている「法教育」の法制度化にも期待するものです。

富岡製糸場は平成二十六年六月二十五日に世界遺産に登録され、その後国宝に指定されました。

私は、喜びに沸く市民と万歳を繰り返し、市民六千人の祝賀パレードのちょうちん行列の先頭を歩きながら、万感の想いが脳裏を駆け巡りました。

私が「富岡製糸場を愛する会」を立ち上げた頃の状況を思うと、全く隔世の感に打たれました。

そして、私たちは富岡市内の有志とともに、世界遺産になった富岡製糸場の整備に今後三十年以上かかるとの国や県市の行政計画を知り、これを早く整備して、一日も早く工場システム全体の姿を復元して人々に公開することが大切と考え、富岡製糸場の早期全面公開を推進し、世界遺産富岡製糸場と絹産業遺産群を誰にでも分かりやすく展示する世界一のシルク博物館や大勢の観光客や住民が楽しく交流できる大規模な物産会場、道の駅などを整備し、富岡を日本一楽しく美しく世界に誇れる街にするための提言書を平成二十七年、市と県に提出しました。

また、平成二十年には映画制作委員会を立ち上げ、富岡製糸場の価値を全国、そして世界に伝えるための活動を続けてきましたが、平成二十七年末、私の知人のＮＨＫ関係者を富岡市に案内し映画の企画を市に持ち掛け、その結果、市長の英断で平成二十八年春にはＮＨＫエンタープライズによるドキュメンタリードラマ「紅い襷」の映画制作が始まりました。明治の初め、全国から集められた武家士族の子女による工女たちが一等工女のシンボル「紅い襷」を目指して健気に励む物語を中心としたドラマに富岡製糸場創建の歴史的ドキュメントを加えた素晴らしい映画が完成しました。これから映画を全国の劇場で映写していただくために、前売り券販売などなれない役割を、富岡製糸場を愛する会が担うことになりました。いつまでも楽はさせてもらえません。世界遺産登録三年を記念して平成二十九年六月、地元で試写会、そして秋には全国公開されるはこびとなりました。この映画が広く世界に日本中に公開されて感動を呼び、わがふる里が人々に愛されて、にぎわい続けることを願っています。

私は、これからも自分にできることを通してふる里の未来の発展を実現する土台を築いていきたいと思っています。

お祝いの言葉

「富岡製糸場物語映画「紅い襷」を製作して」

ＮＨＫエンタープライズ　映画「紅い襷」プロデューサー　家喜正男

平成二十六年一月、私は富岡市内の新年会に呼ばれた。ＮＨＫ時代の先輩から何となく富岡市で映画を作るという事を事前に聞いていたが「そんな簡単に映画ができるわけはない……」と半信半疑で出席した。

しかし新年会では「映画を作るぞ！」という勢いが破裂しそうな異様な雰囲気を醸し出していた。実に危険な光景であった。

映画は情熱だけでは作れない。具体的な予算の策定が必要。精密機械を作るようなものなのである。スタッフの雇用、脚本、取材、キャスティングなど交渉事項が山積している。富岡の人たちは少しぐらいは勉強して成功を導くビジョンをお持ちなのか大きな不安を抱いていた。とても心配であった。映画製作を止めることが賢明であることを本心で強く思っていた。

私は付和雷同する集団行動の危険な状況の中である人と出会った。高橋伸二氏であった。今回の映画の火付け役でもあったという。高橋氏は地元をこよなく愛しご自身の情熱が伝わってきていた。新年会では曖昧なお祭り騒ぎをしている人たちとは別の輝きが眩しかった高橋氏であった。私は時間がたつにつれて高橋氏がいることで山積している不安の一部を解消できると信じ映画製作の実施に踏み切った。

予算は不安定、内容はハリウッド級、言ったらきりがなく要求は大きい。富岡市の期待の裏返しと理解して日々を耐え抜いた。放送しか作ったことのない私は「配給」なんてやったこともなく上映の段取りまですることも聞いていなかった。製作費は映画を作るためのものと理解していた。しかしその予算も出ない。前売り券の販売、上映館などこれも言ったらキリがない。私は高橋氏を信じて現場を仕切り映画の完成にようやくこぎ着けた。あの新年会のどんちゃん騒ぎの中で生まれた故郷の映画「紅い襷」は、全国の観客の皆さんに今もかわいがられている。

映画制作をすることですら大事業。紆余曲折は続いているが全国で今も上映されている。高橋伸二さん…あなたの情熱が紡いだ「糸」がこの映画「紅い襷」なのである。

「紅い襷」ロケで家喜プロデューサーと
老写真師役の筆者＝平成 28 年 10 月８日

「紅い襷」ロケ打ち上げで女優と
作家と筆者＝平成 28 年 10 月 17
日、渋谷のレストラン

観桜会で「紅い襷」主演女優ともちつき
＝平成 29 年４月８日、富岡製糸場

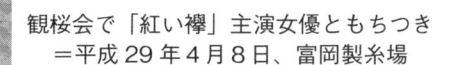

フランス人教師が帰国するにあたり記念写真を撮った場面

「紅い襷」で老写真師に扮する筆者
＝平成 28 年（NHK エンタープライズ提供）

世界遺産登録後は各方面から表彰や取材を受けたり講演を頼まれたりしています。受けた表彰のなかで、公益財団法人日本パブリックリレーションズ（ＰＲ）協会から、二〇一四年度日本ＰＲ大賞シチズン・オブ・ザ・イヤーに選定され、六本木のホテル、グランドハイアット東京で盛大な表彰式に招かれたことが印象的でした。

また、四国八十八箇所霊場巡りの世界遺産登録を目指す会に招かれて徳島で行った講演が翌朝、徳島新聞のトップ記事となって徳島の知友から声を掛けられたことや、北海道、北東北の縄文遺跡群世界遺産登録を目指す、御所野遺跡世界遺産登録推進協議会の招きで岩手県二戸郡一戸町まで出掛けて講演し交流したこと等が思い出に残ります。

官民の"本気"必要

四国遍路 世界遺産化

富岡製糸場 愛する会代表が講演

四国八十八カ所霊場と遍路道の世界遺産化を考える講演会（NPO法人徳島共生塾一歩会主催）が9日、徳島市南末広町の県立中央テクノスクールろうきんホールで開かれた。富岡製糸場と絹産業遺産群（群馬県富岡市）の世界遺産登録に貢献したNPO法人富岡製糸場を愛する会の高橋伸二理事長(74)が話し、「四国遍路は世界に誇る文化。官民の役割を明確にして本気で取り組めば、きっと道は開ける」と訴えた。

「ポイントは物語」

富岡製糸場の世界遺産登録までの取り組みについて語る高橋理事長＝徳島市南末広町のろうきんホール

県内の民間団体や霊場関係者ら約80人が参加した。高橋理事長は世界遺産に登録されるポイントとして「国内だけで認められた歴史的価値では駄目。世界に評価される物語を作らなければならない」と強調した。富岡製糸場の場合、絹の大量生産でシルク製品の大衆化が国際的に進んだ普遍的価値とともに、製糸場の清掃活動などを通じて世界遺産登録に市民が協力してきた側面が認められたという。

四国4県が16年度の世界遺産暫定リスト入りを目指す四国遍路に触れて「素材は素晴らしく、世界に誇れる文化」とした上で「登録が目的ならば、官民ともに本気で目指す体制づくりが問われる」と話した。

ただ、4日に登録が勧告された「明治日本の産業革命遺産」（福岡など8県）が世界遺産に決まれば、国内では15件目。世界全体で千件を超えていることもあり、登録基準が今後さらに厳しくなることが懸念される。

会場の参加者からは「（四国遍路の）普遍的価値の証明や資産の絞り込みが難しい」「4県一丸となった機運の盛り上げをどうすればいいか」などの質問が相次いだ。

高橋理事長は「行政側は登録に向けた手続きに専念し、住民側は支え手となる仲間を一人でも多くつくる必要がある」と指摘した。（笠井理）

富岡製糸場の世界遺産登録までの取り組みについての講演会を伝える新聞＝平成27年5月10日付徳島新聞

日本PR大賞シチズン・オブ・ザ・イヤーの表彰式＝平成27年1月

インタビュー

〝登録〟の感動　分かち合う

岩井賢太郎さん（前富岡市長）

私は高橋先生より一歳年下です。高橋先生とのつながりは、昭和四十六年、先生が県会議員選挙に立候補した時が最初でした。

私は元富岡市長今井清二郎さんたちと一緒に高橋先生の選挙活動を応援しました。その時は、保守党勢力の固い地盤に阻まれて惜しくも当選を逃しましたが、あの時先生が当選していれば、先生の人生も私の人生も変わっていただろうと思います。

私も地域の声を県政に届ける重要性を痛感していましたから、先生に自分たちの代表になってもらおうと思っていましたが、先生が選挙に出ないなら思い切って自分で立とうと決心し昭和五十八年の県議選に立候補、当選することができました。

その選挙戦に高橋先生は大いに応援をしてくださいました。先生のとうとうとした応援演説を聞いていると、やはりこの人は政治に向いていると感じたものです。

私はその後、六期連続で県議に当選し、平成十八年に富岡市長に選出されました。

その間、高橋先生とは県議と法律家という関係で、法案や政策に関する相談に乗ってもらったり、深い関わりを持つようになりました。

特に、富岡製糸場が平成十七年に富岡市に寄贈された時には、県議として、「富岡製糸場を愛する会」の役員になり、ふる里富岡の貴重な歴史と文化遺産を守ろうと、高橋先生の主催するさまざまな活動に参加したりしました。

私は、平成二十二年の市長選で落選しましたが、平成二十六年の四月二十三日に市長に当選し、そのわずか三日後にイコモスが富岡製糸場を世界遺産に登録すべきという勧告を出したのです。

私は何と運がいいのだろうと、われながら驚きました。

そして、忘れもしない平成二十六年六月二十一日午後七時半、富岡小学校に設けられた特設テレビモニターを見つめていた私たちの目に、「富岡製糸場世界遺産登録決定」の映像が飛び込んできました。

その時は全身に鳥肌が立ち、何とも言えない感動が湧き上がり、隣にいた高橋先生と抱き合って喜び合いました。

私は心の中で、「あなたのおかげです。あなたが民間の人々をまとめ、リードし、自腹を切って運動を推進してくれたおかげです」と感謝していました。

世界遺産登録決定の知らせを受け感動の頂点に、全員が万歳をした
＝平成 26 年６月 21 日群馬テレビ

70万人都市への思い

平成二十五年五月、第二十五号の事務所会報を発行しました。その中で私は、『群馬県が国内で最下位のブランド力に甘んじている状況を打破する特効薬としては、この世界遺産を中核に県内外の有力温泉や上毛三山とともに県境の名峰尾瀬・谷川をアピールして県内各地の観光資源を連携させた、総合的で魅力ある観光メニューを開発して内外に発信できるよう群馬県のグランドデザインを一新する必要を感じています。また、隣り合わせの前橋と高崎を対峙・対抗させるのではなく、人口減少に向かう折、むしろこれを県都に統合して七十万都市に一本化し二重行政の無駄をなくし、文字通り道路と鉄道の両面から日本の高速交通網の中心に位置し、東京から一時間圏内の高崎を中核に、関東の表玄関として群馬県を世界遺産とともに内外に売り出してゆくことを一県民として願うものです』と書きました。

事務所報の発行から三カ月ほどたったある日、ベストセラー『壁を壊す』の著者で有名な元同和鉱業社長の吉川広和さんから手紙が届きました。吉川さんは高崎市の出身で、内閣府参与なども務めたキャリアがあり、上毛倶楽部の会合で何度かお目に掛かり、お話をしたことがありました。私は吉川さんの人柄に大いに敬意を払っていました。

お手紙の中で吉川さんは、こう書いてくださいました。

『このたびは貴会報をお送り頂き、早速拝読させていただきました。ご意見に感銘賛同するところ多く、ペンをとりました。

富岡製糸場の世界遺産登録をベースに豊かな自然や温泉を連携させて最下位のブランド力の向上、全く同感です。

高崎・前橋の行政統合は当たり前ですが、いまだに高高や前高に代表されるコップならぬ杯の争いに埋没した思考を感じます。

私はかつて岡山市の統合の手伝い、さいたま市の統合を見てきました。

指導層やオピニオンリーダー層の［教養者？　達］の観点の狭さ、低さには驚きすら感じております。

高橋様のようなリーダーのおられることに心が動き、ますますの御活躍を期待して一筆いたしました』

私は、吉川さんのお手紙を読んで、大いに勇気づけられました。と言うのは、高崎と前橋を合併し、七十万人都市をつくれば、交通網の中心である高崎駅周辺にも世界的な大型一流ホテルの進出や大規模なコンベンションホールなどの建設も進み、人口減少が進行する時代の中でも関東の中心都市としての存在価値を高め、多くの人々の交流拠点となって群馬県の発展を維持することができる、というのが私の強い思いです。しかし、いまだに多くの関係者は明治初期の高崎から前橋への県庁移転や県庁所在地と非所在地意識などにこだわるなどして、両市が統合連携して何事かを行うことなど、ほど遠い話というのが現状です。本県の実業家で文化人の井上房一郎氏もこの点では同じ考えを持っておられ、高崎と前橋の合併による東国市構想を以前から提唱され、哲学堂の建設と東国市創設をライフワークにすると公表しておられましたが、東国市構想は思い半ばで亡くなられてしまいました。

平成二十七年五月の富岡製糸場を愛する会の総会の記念講演を「世界遺産登録後の課題」というテーマで吉川さんにお願いしたところ、体調を崩しているとのことで、吉川さんが観光大使を務める島根県の石見銀山のある大田市長が適任とおっしゃって竹腰創一大田市長をご紹介いただきました。竹腰大田市長さんは快く引き受けてくださり、遠方よりそれも無償で講演していただきました。

しかし、吉川さんもその年の七月八日、若くして心不全のため逝去されてしまいました。同じ考え方で同じ方向に手を取り合って歩いて行けると思った矢先のことで、吉川さんを失ったことが残念でなりません。

また、富岡製糸場世界遺産登録生みの親でもある国立科学博物館の清水慶一先生も世界遺産登録直前の平成二十三年二月、六十歳の若さで病に倒れて他界されました。アマチュアボクサーであった清水先生とは何度か後楽園ホールにご案内して私の高崎ジムのプロボクサーの試合を観戦しながら互いに楽しい時間を過ごしたことが懐かしく思い出されます。

さらにまた、当初から富岡製糸場を愛する会の活動で、ご一緒した田村貞男さんの歴史小説『かわたれの槌音』を売り歩くなど苦楽を共にしてきた身内の高橋一郎さんや吉田伊知さん、甘楽町の松井義雄さん、そして元甘楽町長の田村利良さん、西毛文学の斎田朋雄さんたちはいずれも世界遺産登録の朗報を待たずに天寿を全うされました。こうした同志たちに対し心から感謝しご冥福をお祈りいたします。

目標は喜寿まで毎年エイジシュート

私は酒もたばこもやりません。私たち三兄弟は母の血筋を継いで酒は飲めません。そんな私たちに共通の楽しみは、ゴルフです。

三十五年前から続く毎年五月開催の事務所ゴルフコンペは、最近、参加者が二百人余りに増え続けています。

日弁連ゴルフ大会＝平成26年5月29日、利府ゴルフ倶楽部

私にとってのゴルフは、自然の中でストレスを解消する適度な運動であるばかりでなく、多くの知人、友人たちとの交流を深め、人と人とのつながりの輪を広げていく楽しみを与えてくれるものです。

結局私は人々の間に交じっていることが好きなのでしょう。

七十歳を過ぎるとゴルフに耐えられる体力と技術を維持することが重要なポイントになります。何より健康な日常を過ごし、体力の維持、増進に努め、爽やかなゴルフ交遊を心掛けていきたいと思っています。

平成二十七年五月五日、安中市のローズベイカントリーのレギュラーティから年齢と同じ七四ストロークで回り、念願のエイジシュートを達成できました。二十八年には八月と九月の二回、七五ストロークのエイジシュートを、二十九年には四月と五月の二回、七六、七五ストローク、三十年には七月〜八月に五回、七四〜七七ストローク、十一月十日の愛する会シルクコンペでは七五ストロークのエイジシュートを達成できました。これからは足腰を鍛えたり健康に留意して毎年エイジシュートを目指しつつ、何事にも前向きに精進していきたいと思っています。

武田会ゴルフ
＝平成 23 年 8 月、軽井沢プレジデントクラブ

主催する近県弁護士会ゴルフコンペで（軽井沢 72）
＝平成 26 年 8 月

事務所ゴルフコンペ前夜祭。三兄弟とボクシングレフリーの森田健氏（前列中央）、元サッカー日本代表の奥寺康彦氏（後列左）
＝平成 27 年 5 月 14 日

関弁連役員一六会ゴルフ
＝平成 28 年 6 月 20 日、富士桜カントリー倶楽部

富岡製糸場を愛する会　第11回チャリティーコンペパーティー
＝平成28年11月6日

富岡実業高校創立90周年式典　同窓会長あいさつ
＝平成28年11月10日

広く世界を見つめて

私が取り組んできた本業以外の仕事として、富岡製糸場を愛する会の他、高校同窓会長二十年、群馬県都市計画審議会委員会長二十年、弁護士政治連盟群馬県支部長二十年、ゴルフ場理事長二十年などの他、上毛倶楽部理事長、国連合唱団東アジア実行委員長、関信越音楽協会や群馬交響楽団の役員などがあります。人生仕上げの時期に来て、長いものは辞めるよう心がけていますが、一つ減らせば他が増えて、頼まれると嫌と言えない性格から身辺整理が進んでいないのが現状です。

母校県立富岡実業高校同窓会会長は、平成九年以来二十年務めて、平成二十八年十一月創立九十周年記念式典を区切りに、今春退任できました。学校は、良い子を育てることに熱意ある先生が一番のキーマンです。先生方が本気で礼儀をわきまえた向上心のある生徒を育て、社会に送り出してやろうとの思いを親や卒業生と共有して努力し、これをＰＴＡや同窓会が強力にサポートすることによって、学校は変わります。この二十年間で一時荒れた学校は一変しました。生徒は、いつ、誰にでも明るくあいさつでき、学習、クラブ活動、学外活動も熱心です。このところずっと一〇〇%就職および進学を達成して、地元企業団体から求人が多く、父兄からは子供を安心して入れたい高校とされています。ペーパーテストの結果だけを評価の基準にする教育では人は育ちません。

群馬県人会の一つで、創立七十年を迎える上毛倶楽部の理事長に平成二十九年一月の総会で選任され、私は就任あいさつで次のように述べました。

「群馬県は日本の中心に位置し、最も災害が少なく、最近では高速交通網が東西南北から交わり東京から一時間圏内の交通の要衝として北関東の表玄関にあたります。しかも、県境の名峰尾瀬・谷川、そして県央の上毛三山をはじめ豊かな美しい大自然と、有名ないくつもの温泉があります。来年には、標高二〇〇〇メートル級の新潟、長野の県境に百キロのトレイルが整備されます。これは世界中の山岳アスリートを呼び込むことができる新しい観光資源となります。また、富岡市の農家に育った私には世界遺産になった富岡製糸場はまさにふる里の誇りです。群馬の地は日本の近代化を牽引した絹産業遺産や古代東国の中心地であった文化遺跡にあふれています。富岡駅舎、駅前のレンガ造倉庫の世界遺産センター、市役所新庁舎、これらは隈健吾氏の設計で一新して生まれ変わり、富岡駅からの製糸場への動線も素晴らしく整備されます。多くの皆さんをお招きして街歩きを楽しんでみたいと思っています。上毛倶楽部は平成三十年、創立七十周年を迎えます。群馬の誇りである群馬交響楽団の振興を含めた文化活動にも力を注ぎながら上毛倶楽部の歴史と伝統に新しい息吹をそそぎ、会員の心をつないで、会員各位が入会して良かったと思えるような会の運営と改革に取り組み、群馬県の発展のため微力を尽くしてまいりたいと思っております」

平成十九年の国連合唱団の日本公演を機に、友人から頼まれて同合唱団東アジア公演実行委員長に就任いたしました。国連本部の職員で歌や合唱が得意な人々が三十五カ国約四十人集まり、仕事の合間に本格的な訓練をしながら世界の国々を巡り、世界共通の言語である音楽を通じて、国や人種、言語を超えて各国の歌をその国の言葉で合唱し、出向いた国ではその国の歌を共に合唱交流することにより、友好と平和を希求する事業です。異なる人種、文化との交流は、人としての許容性を高めるのに役立ちます。

平成二十一年は東京と宇都宮、二十四年は広島・長崎・沖縄三県を巡り、二十七年には中国公演を行いました。本年二十九年は国連合唱団創立七十周年記念として八月から九月にかけて韓国と日本で各五カ所の公演を行い、九月六日には世界遺産登録三周年記念として、地元富岡市の音楽ホールで日本公演をスタートし、七日は早稲田大学大隈講堂、八日は都立立川国際中等教育学校と東武ホテル、九日には北とぴあで国連合唱団公演や共演を行い大きな反響を得て、地元紙（上毛新聞「三山春秋」）からも高い評価を受けました。

平成二十九年六月二十五日は、富岡製糸場世界遺産登録三周年です。これを記念して、富岡製糸場の価値を広く伝えるため、ＮＨＫエンタープライズの知人を富岡市にお連れして、富岡製糸場物語の映画「紅い襷」が完成しました。明治維新の混乱期に全国から集められた工女たちは、製糸場で世界最新の器械製糸技術を習得し、全国各地のふる里に戻って製糸場の指導者となりました。映画は日本の近代化を牽引した若き工女たちの日常をドラマを中心に描きつつ、押し寄せる列強から日本の独立と近代化を図った壮大な歴史ドキュメントを的確に描写した感動的な作品に仕上がりました。平成二十九年十月以降、全国各地で公開が予定されています。私も勧められるままに老写真師として出演させていただきました。明治維新は、日本の国の革命ですが、鎖国の日本から好奇心を燃やし国禁を犯して単身、または使節団の一員として欧米に渡り、我が目を疑うほど進化した欧米の技術や文化に接した若者た

国連合唱団韓国公演。韓国公演委員会の皆さんと
＝平成 29 年９月３日

国連合唱団富岡公演
＝平成 29 年９月６日

平成 29 年９月に韓国および日本で行われた国連合唱団公演について、国連合唱団および韓国公演実行委員会より感謝状が贈られた
＝平成 30 年１月 20 日　東京倶楽部

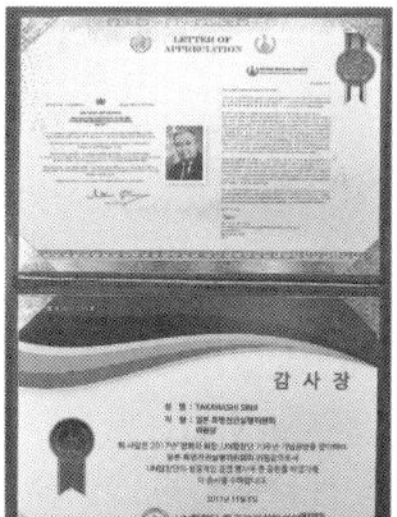

感謝状

ちの力が急速に集結した結果であり、この明治維新を主導した大多数が三十歳前後の青年であったことを痛く感ずるとともに今の人々に伝えたいところです。

また、群馬交響楽団、関信越音楽協会や国連合唱団などの音楽文化団体、さらにはゴルフ、ボクシング、サッカーなどのスポーツに関わっていますと、これらが感動をもたらしながら世の中を動かす力だと分かります。

近頃は、自宅前の菜園畑で無農薬野菜を作り、余った野菜を近所や知人に分けたり、自宅裏の空き地をコスモスの花畑にすることなどを身近な楽しみの一つとしています。

平成三十年一月、末弟の勉弁護士が七十歳の仲間入りをし、三兄弟の七十代無事到達を祝い、初めて三兄弟でハワイゴルフ旅行ができましたので、そろって健康に過ごせていることを感謝して父母の墓に報告しました。

平成三十年三月、絶大な人気を保っていた安倍内閣自民党政権がいわゆる森友・加計学園問題等で国の公文書の杜撰な管理や書き換えが表面化して揺らいでいます。平成三十年度関弁連理事長の三宅弘弁護士から頼まれて、公文書管理法制定を主導した福田康夫元総理に平成三十年九月の関弁連大会のシンポジウムで「公文書管理の基調講演」をしてもらうため、同弁護士を同道して元総理の虎ノ門事務所を訪ね、元総理が官房長官時代に欧米の先進公文書管理制度を参考に制定した同法の目的や経緯など親しくお話しいただき、申入れを快諾してくださいました。後日、元総理と日仏会館に行き、クリスチャン・ポラック氏の四十五年にわたる日仏近代史研究の成果コレクションを見学して、同氏の長年にわたる日仏研究の偉大な業績に感心すると共に、ここにも富岡製糸場世界遺産登録の功労者がいたことを知った次第です。

結び

私のこれまでの人生を振り返るとき、ある人は努力の人と言い、ある人は幸運な人、またある人は、数奇な運命の人生といいます。

確かにそうかもしれませんが、私自身は、あの山深い岩染の地で、孤高の清貧を貫いた父の背中を見て育ち、自分の道は人に頼らず、自分の力を信じて自身で切り開いてゆく自助自立の生き方を学び、そのように生きてきた結果の人生だと思います。

私たち兄弟は、「精神的には豊かに、経済的には貧乏に」育ってきました。

欲しい物やお金は与えられず、経済的には我慢させられる中で意欲を湧かせ、他方で精神的には愛情や社会貢献や社会的尊敬などを実感させられ、豊かな気持ちと環境で人を育てることが大切と考えさせられました。

子供に金品をやたらに与えて、自ら努力しはい上がろうとする意欲と青春を失わせることはよいことではありません。

3兄弟70代到達記念ハワイゴルフ旅行
＝平成30年1月13日
ソニーオープン会場

経済的に貧しくとも未来を信じ精神的に豊かであれば、人は必ず高みに向かって努力し成長することを自戒を込めて伝えたい気持ちです。

私は、弁護士開業当初、家の財政破綻からの脱却のため夜中まで働き、家は寝に帰る生活を選び、そのように生きてきたために、家庭で過ごす時間を十分に持つことができませんでした。

父辰二が裸電球の下で、子供の私たちに自作の詩を読んで聞かせてくれたような、懐かしく濃密な時間を、私自身の家族と持てなかったことが内心悔やまれます。

私は、七十七歳になった現在でも高橋三兄弟法律事務所の所長として、多くの若手とともに人々の相談に乗り問題解決への道筋を示し、所属弁護士が日々作る多くの書類に目を通し、優れた法律サービスの質を保てるよう努めています。

本年、私は、弁護士登録五十年を迎えました。五十年前、開業挨拶文に「自他の自由を求めて」などと大上段に構えて弁護士をスタートし早や半世紀になります。改めて振り返りますと、自分や他人の自由を希求しながら世の中の不自由と闘い続けてきましたが、自分の仕事が人を幸せにし世の中に役立つ、それこそが弁護士のやりがいと思って自分自身を励ましています。

そんな私でも、家族や友人のことを忘れたことなど決してありませんでした。家族たちの存在が常に私の生きがいと支えであったことを彼らは恐らく知らないかもしれません。

今、七十七年の自分の人生を振り返るとき、父の詩と裏山の欅の姿に共感し、ふるさとの山河と父母、祖先に見守られて育った自分が、果たして「欅の如く」生きてきたと言えるのか、そして、これからもこの信念を貫いて行けるのか、今、自問自答している拙い自分がいることを心の片隅で感じながら、筆をおきたいと思います。

平成三十年十一月　記す

欅の如く 弁護士・高橋伸二 痛快伝

2018年12月3日　発行

著　者　高橋　伸二
群馬県高崎市八千代町2丁目1-1
高橋三兄弟法律事務所
TEL 027-325-6603

発　行　上毛新聞社 事業局出版部
群馬県前橋市古市町1-50-21
TEL 027-254-9966